नदी बहती थी

वाणी प्रकाशन

नयी दिल्ली-110002

नदी बहती थी

राजकमल चौधरी

वाणी प्रकाशन

प्रकाशन के उत्कृष्टतम 61 वर्ष

सजिल्द पहला संस्करण : 1985
सजिल्द दूसरा संस्करण : 2001
सजिल्द तीसरा संस्करण : 2024

vaniprakashan.com

वाणी प्रकाशन
4695, 21-ए, दरियागंज, नयी दिल्ली-110 002
फ़ोन : +91 11 23273167, 23275710

शाखाएँ
अशोक राजपथ, पटना-800 004, बिहार
कॉफ़ी हाउस कैम्पस, महात्मा गांधी मार्ग, प्रयागराज-211 001, उत्तर प्रदेश
महात्मा गांधी अन्तरराष्ट्रीय हिन्दी विश्वविद्यालय, वर्धा-442 001, महाराष्ट्र
sales@vaniprakashan.in
vaniprakashan@gmail.com

Nadi Bahti Thi
by Rajkamal Choudhary

ISBN : 978-93-5229-292-9
Novel

मूल्य : ₹ 275

आर. टेक ऑफ़सेट प्रिंटर्स, दिल्ली-110 032 में मुद्रित

वाणी प्रकाशन का लोगो मक़बूल फ़िदा हुसेन की कूची से

मुझे वाक़ई बहुत दुःख है कि अपनी इस लम्बी-सी कहानी में मैं कहीं भी नहीं हूँ, न किसी पात्र में, न किसी घटना में, न किसी चिन्ता-विचार में। मैं क्यों नहीं हूँ (जब कि मेरे दोस्तों और मेरी लिखी चीजें पढ़ने वालों की आम शिकायत है कि मेरी कहानियों में और कोई हो न हो, मैं ज़रूर होता हूँ) ?

मसूरी हिल्स की अकर्मण्य परिस्थितियों से छुटकारा पाकर, अचानक १९५७ के नवम्बर में मैं कलकत्ता चला आया। एशिया का यह सबसे बड़ा शहर मुझे बहुत पराया लगा, चौड़ी-चौड़ी सड़कें, और फिर गलियों के अन्दर और भी तंग गलियाँ। शानदार कपड़े पहने हुए मर्द, और उनके भीतर छिपे हुए बूढ़े जानवर। लो-कट और शार्ट्स में घिरी हुई औरतें, और उनके भीतर छिपी हुई भूखी हिरनी। मर्द, और औरतें, और उनके बीच एक सौदा, एक समझौता करने वाली एक हसीन चीज— पैसा !

मैं अकेला था। कभी बालीगंज के किसी अकेले फ्लैट में रहता था। कभी पार्कस्ट्रीट के आसपास के किसी रेजिडेंशियल होटल के कमरे में। ज़िन्दगी मशीन की तरह बँधी हुई चाल से चलती थी। दफ्तर, दोस्त, पत्र-पत्रिकाएँ, किताबें, रेस्तराँ, बारहाउस और कभी-कभी कोई जान-पहचान की लड़की। मैं अकेला रहता था।

मिस जान्सन आज किसके साथ है ? चलो ऑट्रम-घाट पर घूमने चलें। कितने दिनों से शशि की चिट्ठी नहीं आयी है। स्मगल्ड घड़ी खरीदोगे ? ओमप्रकाश एक चीनी लड़की के साथ बम्बई भाग गया है। इस हफ्ते की 'टाइम्स वीकली' देखी है ? कल आम हड़ताल है, सारे दफ्तर बन्द रहेंगे। क्रिकेट टेस्ट मैच की टिकटें नहीं दिलवाओगे ? आओ, मोकम्बो की कूनर से तुम्हारा परिचय करवाते हैं। आओ। नहीं, आज नहीं, आओ, मैं बाहर जा रही हूँ। कल के रेस का हैंडिकैप मालूम है ? बेयरा, कोने की टेबुल पर यह स्लिप दे आओ···

फिर, ऐसा क्या हुआ, कि शशि आ गयी। यों भी, शहर में मेरा दम घुट रहा था। दोस्ती, और दोस्तों की महफ़िलें मुझे पसन्द नहीं आती हैं।

एकान्त में रहना चाहता हूँ। इसलिए कलकत्ते के बाहर रहने की बात तय की गई। टालीगंज के किनारे फिल्म-स्टूडियो की कतारों के बाद एक छोटी-सी नदी है, आदिगंगा। आदिगंगा के उस पार यूनियन बोर्ड है, और आसपास कई कस्बे हैं। शशि को जगह पसन्द आ गई।

वहाँ रहते-रहते कई दिन बीत गए। अब तो साल भी बीत चुका है। शायद, कई साल बीत जाएँ, ज़िन्दगी बीत जाए।

ऐसा मुझे नहीं लगता है, कि मिट्टी की कोमलता (dampness ?) के अलावा बंगाल के कस्बों, और देश के दूसरे इलाके के कस्बों में कोई ज्यादा फ़र्क है। ज़िन्दगी, और ज़िन्दगी की समस्याएँ तो लगभग एक-सी ही हैं, चाहे बात मछलीबगान की हो, चाहे देहरादून के पास के किसी कस्बे की।

कलकत्ता बहुत बड़ा शहर है, और बहुत तेज़ी से अपने इर्द-गिर्द के कस्बों और गाँवों में घुस रहा है। फिर, ऐसा भी हो गया है कि पूर्वी पाकिस्तान के शरणार्थी कलकत्ते के चतुर्दिक बस गए हैं। फिर, ऐसा भी है कि इधर बर्दवान, और उधर बहरमपुर तक के लोग रोज़ कलकत्ता आते हैं, और रोज़ कलकत्ते की कोई-न-कोई चीज़, कोई-न-कोई स्थिति, कोई-न-कोई आदत अपने यहाँ ले जाते हैं।

यों, मैंने बंगाली जनसमाज के बारे में लिखकर एक तरह से अनधिकार चेष्टा अवश्य की है—लेकिन, बंगाल की संस्कृति के मूल से, रक्तमूल से सम्पर्कित, सम्बन्धित होने के कारण मैंने चेष्टा की है, सफलता की चेष्टा की है।

'नदी बहती थी' बहुत ही जल्दबाज़ी और बेतरतीबी से लिखी गई रचना है। सीरियसली लेने लायक कोई भी बात इसमें नहीं है। नहीं है, इसीलिए मैंने इसे प्रकाशित करने की इच्छा की है। मुझे आशा है, फिक्शन पसन्द करने वाले लोग इस किताब का बुरा नहीं मानेंगे।

राजकमल चौधरी

नदी बहती थी

विमल ठाकुर

गाँगुली की बात कभी गलत नहीं हो सकती है। सुबह के चार बजने में दस-पाँच मिनट कम ही होंगे कि बम फटने की आवाज़ से मुहल्ले के सारे मकान काँप उठे। एक नहीं, लगातार चार-पाँच बम।

पहले सोनाली की नीन्द खुली। भय उसे ज़रूर हुआ, मगर भय से चीखने नहीं लगी। पाँव सँभालकर मसहरी से बाहर उतरी और दरवाज़े के पास खड़ी होकर बोली—बाबा !

पचास-बावन वर्ष के विमल ठाकुर को वह 'बाबा' कहकर पुकारने की आदी हो गई थी। सुरक्षा के लिए यह आवश्यक था। वैसे, यह संबोधन सोनाली के मन में असह विकृति भर देता था, विमल के मन में भर देता था स्वयं के प्रति क्रोध !

खुली हुई किताब में पृष्ठ स्मरण रखने के लिए फाउन्टेनपेन डालकर, फिर

पंखे की स्पीड कम करके उन्होंने कहा—नीन्द नहीं आ रही है? या, बमों के धड़ाके से डर गयी हो?

सोनाली वापस चली गई। बीच का दरवाज़ा बन्द कर दिया, और सुराही से पानी ढालकर पीने लगी। ठाकुर रात भर सोये नहीं हैं। अभी भी पढ़ रहे थे। कौन-सी किताब थी? क्यों पढ़ रहे थे? क्यों पढ़ते रहते हैं? मुझे भी क्यों मजबूर करते रहते हैं कि अँग्रेज़ी की किताबें पढ़ा करूँ? पढ़ने से कौन-सा सोने का पहाड़ मिल जाएगा? ठाकुर को नीन्द नहीं आती है, इसी से रात भर पढ़ते रहते हैं, लिखते रहते हैं···छोटे-छोटे अक्षरों में बड़ी-बड़ी बातें!

सुराही में पानी नहीं था। उधर आँगन के उस पार रसोई घर के पास पानी का नल है। लेकिन सोनाली अकेली जा नहीं सकती। डर लगता है। भूत-प्रेत का नहीं, अन्धेरे का डर लगता है। सारी रात लाइट जलाकर सोती है। अन्धेरे में एक पल भी नहीं रह सकती सोनाली।

बम फटे देर हो गयी, मगर, अभी तक सोनाली का शरीर पसीने से तर है। पड़ोस के नरेन बाबू की बच्ची बीमार है, टेबुल-फैन माँगकर ले गये हैं। शरीर पसीने से तर हो रहा है। नदी के किनारे मकान लिया गया है, फिर भी इतनी गर्मी। हवा नहीं बहती है। खिड़कियाँ खोलकर सोया नहीं जा सकता। चोर आएँगे और हुक-लगे डंडे से कमरे का सारा सामान खींच ले जाएँगे। तब? पसीना कैसे सूखे? और, प्यास कैसे बुझे? और, सारे शरीर में जो एक तीखी-तीखी गन्ध लिपट गयी है, वह कैसे बीत जाए?

सोनाली ने पहले, बीच वाले दरवाज़े को अपनी तरफ से बन्द कर लिया।

ठाकुर किकेगार्ड का जार्नल पढ़ रहे थे, और अपने विषय में, तेरह नम्बर की सरकारी बस के डिपो पर मुहल्ले के लड़कों (जिनका सेनापति निश्चय ही सोमेश गाँगुली है) द्वारा बम गिराये जाने के विषय में, मकान की बगल से

बहती हुई छोटी-सी नदी, आदिगंगा के विषय में, और आदिगंगा जैसी ही छोटी और शान्त और खूबसूरत, इस सोनाली के विषय में सोच रहे थे।···

अगस्त २४, १८४६

तुम चली जाओ, रेजीना, और अव्यक्त पीड़ा को नया कर दो! सितम्बर आठ को मैं अपने घर से विदा हुआ, और तय किया कि आज सारी बातें तय कर लूंगा।

हम दोनों उसके घर के सामने मिले। उसने कहा कि उसके घर में इस वक्त कोई नहीं है। इसका साफ़ मतलब था कि वह मुझे अपने अकेले कमरे में ले जाना चाहती थी।

कमरे में जाकर हम दोनों देर तक एक दूसरे के सामने चुपचाप खड़े रहे। वह अस्त-व्यस्त होने लगी। मैंने उसे कहा कि वह मेरे लिए कोई गीत गाये। वह गाने लगी, मगर इससे कोई फ़ायदा नहीं हुआ। मैं अपनी बात पर नहीं आ सका। तब,

मैंने गाना रोक दिया, प्यानो बन्द कर दिया, और उसके नज़दीक तनकर खड़ा होता हुआ बोला—संगीत मेरे लिए अब कोई अर्थ नहीं रखता है। मेरे जीवन का एकमात्र अर्थ तुम हो रेजीना, पिछले दो सालों से मैं तुम्हें अपनी मनःस्थिति बताना चाहता हूँ।

वह एक शब्द भी नहीं बोली। मैंने अपना प्रभाव जमाने के लिए उसे कुछ भी नहीं कहा। मैंने उसे अपने अकेलेपन के विषय में कहा, अपनी दिमाग़ी वहशियतों के विषय में कहा। मगर, वह चुप रही। मैं वहाँ से चला आया, कहीं कोई आ न

जाए और हमें इस अस्त-व्यस्तता में देख न ले। मैं चला आया।

सितम्बर दस को जब हम दोनों मिले, तो उसने एक ही शब्द कहा। दूसरा शब्द कहने की आवश्यकता उसे महसूस नहीं हुई। उसने कहा—तथास्तु !

···ठाकुर मुस्कुराये। अस्तित्ववाद का यह महान दार्शनिक, किकेगार्ड भी क्या प्रेम के मामले में साधारण लोगों की तरह ही चंचल और भावुक और उत्सुक नहीं था ?

और मैं ?

उन्होंने ताज़ा ला करोना जलाया, और लेटे-लेटे कमरे की चीज़ों को देखने लगे। चारों तरफ की दीवारों में किताबों के लिए लोहे के फ्रेमवाले रैक हैं। एक इंच भी जगह खाली नहीं है। ज्यादातर किताबें इतिहास और दर्शन के साहित्य की हैं। उपन्यास एक भी नहीं। उपन्यास और कविता की किताबें सोनाली के कमरे में रक्खी गयी हैं। काश, सोनाली की तबीयत किताबों में जम सके ! तेज़ लड़की है। दो-चार महीने की ट्यूशन में ही इतने सुन्दर ढंग से रवीन्द्र-संगीत गाने लगी है। मगर, किताबें ?

किताबों के ऊपर अमृता शेरगिल और यामिनी राय और जार्ज कीट की पेंटिंग्स हैं ! शेरगिल की पहाड़ी औरतें, और राय के ईसामसीह और महात्मा गाँधी, और कीट के मछुए और मछियारिनें और मछलियाँ ! कोने में एक स्टूल पर बाँकुड़ा का बड़ा-सा एक घोड़ा है। कृष्णनगर के खिलौने हैं। टेराकोटा में चन्द नंगी औरतें, और जानवरों की हड्डी और सींगों के बने बतख़ और बगुले और हंस !

कमरा बड़ा है, और किताबों से, तस्वीरों से, मूर्त्तियों से बहुत भरा-भरा

लगता है। एक किनारे आधुनिक डिजाइन में बना पलंग है, विमल ठाकुर इसी पर लेटे-लेटे पढ़ते हैं, लिखते हैं, 'द स्टाइल' का सम्पादन करते हैं।

'द स्टाइल' ठाकुर की अपनी मासिक पत्रिका है। अँग्रेज़ी में निकलती है। अठारह-उन्नीस सौ ग्राहक हैं; मगर, पत्रिका लाइनो-टाइप में छपती है, प्रत्येक अंक में दो आर्ट-प्लेट जाते हैं, अच्छे-से-अच्छे एन्टिक काग़ज़ पर अच्छे-से-अच्छे लेखकों की रचनाएँ होती हैं। 'द स्टाइल' का यह तेईसवाँ वर्ष चल रहा है, और विमल ठाकुर पिछले तीस सालों से पत्रकारिता की पंक्ति में जमे हैं। अठारह-उन्नीस सौ ग्राहक, और प्रत्येक अंक में अठारह-उन्नीस पेज विज्ञापन। इतिहास, दर्शन और साहित्य की गंभीर समस्याओं से संबंधित पत्रिका निकालना और तेईस वर्षों तक निकालते रहना आसान काम नहीं है। साहब, देश में ऐसी पत्रिकाएँ कौन पड़ता है, कौन समझता है, कौन खरीदता है? लेकिन, एक पेज विज्ञापन के मिलते हैं तीन सौ रुपये! लेकिन, सरकार देती है काग़ज़ का कोटा! लेकिन, सरकार का सांस्कृतिक मंत्रणालय देता है अवसर-कुअवसर पर ग्रान्ट!

ठाकुर ला करोना का धुआँ उगलते हैं और हाथी-दाँत की कीमती फ्रेम में जड़ी, सोनाली की ताज़ा तस्वीर देखकर मुस्कुराते हैं। सोनाली अपने कमरे में क्या कर रही है? माथे पर पसीने की चन्द बून्दें छलछला आयीं, तो उन्होंने पंखे की स्पीड तेज़ कर दी।

दरवाज़ा अपनी तरफ़ से बन्द करके, सोनाली छटपटा उठी। सुराही में एक बून्द भी पानी नहीं है। नल तक अकेली जाने में उसे डर लगता है। भूत-प्रेत का भय नहीं, अन्धेरे का भय। अन्धेरे में दिये की लौ की तरह काँपती-थरथराती परछाँइयाँ। लोगों की परछाँइयाँ। घटनाओं की परछाँइयाँ। आवाज़ों की परछाँइयाँ।

उस दिन भूख-मार्च के जुलूस में लोग कितने ज़ोरों से नारे लगा रहे थे?··· आमार दाबी दिते होबे, दिते होबे···रोजी रोटी कपड़ा दो, नहीं तो गद्दी

छोड़ दो···इन्कलाब, ज़िन्दाबाद इन्कलाब, ज़िन्दाबाद···इन्कलाब !

नारों का भी अपना एक खास संगीत होता है। लय के चढ़ाव और उतार होते हैं। पाँवों की गति और झंडों की लहर और कसे हाथों की बन्द मुट्ठियों के तनाव के साथ लय चढ़ती है और उतरती है। उस दिन सोनाली की तीव्र इच्छा हो रही थी कि रनजीत बाबू की कार से उतर जाए और तीन कतारों में बीच सड़क पर चलते हुए मीलों लम्बे जुलूस में शामिल हो जाए। इच्छा हो रही थी कि औरतों वाली कतार के आगे-आगे चलती हुई, ज़ोरों से नारा लगाये—इन्कलाब, ज़िन्दाबाद ! और, वह मशहूर गीत दोहराये—हम धरती के लाल, नया इन्सान बनाएँगे।

जननाट्य-संघ के जल्से में, अमर शेख के कण्ठ से उसने यह गीत सुना था—नया इन्सान बनाएँगे ! अपने तरीके से सोनाली भी नया इन्सान बनाना चाहती है। अधिक सही यह होगा कि बनाना चाहती थी। सारी दुनिया के सारे लोगों को नहीं सही; अपनी बड़ी बहन शेफाली, और अपने छोटे भाई सुभाष को नया इन्सान बनाना चाहती थी। बना नहीं सकी, या बना सकी, यह सोचने पर उसका समूचा शरीर जलने लगता है। पहले चिनचिनाहट होती है, फिर फोड़े उगने लगते हैं, और समूचा शरीर जलने लगता है।

इसीलिए, उसने सोचना लगभग छोड़ दिया है। कहाँ है शेफाली ? कहाँ है सुभाष ? और, स्वयं सोनाली कहाँ है ? उसने सोचना छोड़ दिया है। कोई लाभ नहीं है। आदिगंगा के किनारे बसी हुई इस खूबसूरत बस्ती, मछली बगान में आकर, बेहाला रिफ्यूजी कैम्प की बातें सोचने से कोई लाभ नहीं है।

सोनाली ने सोचना बन्द कर दिया, और पसीने से तर-ब-तर ब्लाउज उतारने लगी। ब्लाउज पीठ पर चिपक गयी थी, ज़ोर से खींचने पर फट गयी। उसे गुस्सा आ गया। इसी तरह महीने में चार-पाँच ब्लाउज फट जाती हैं। ठाकुर तो इतने अमीर नहीं हैं कि जितनी ब्लाउजें फाड़ूँ, खरीद

दिया करेंगे। अमीर हों भी तो क्यों ख़रीद देंगे ? साड़ी खोलने में सोनाली ने सावधानी बरती। फिर, सिर्फ अण्डरवियर और पेटीकोट पहने, नंगी फ़र्श पर लेट गई। फ़र्श में थोड़ी सर्दी थी। पीठ पर धूल के कण जम गये, लेकिन शरीर को आराम मालूम हुआ। नरेन बाबू को पंखा उधार देकर बड़ी ग़लती हो गई है। ठाकुर कह रहे थे, नहीं देना चाहिए, हर चीज माँगने की आदत लग जाएगी। मगर, दे दिया। गरीब लोग हैं। पंखा खरीद नहीं सकते। नरेन बाबू पोर्ट कमिश्नर के दफ्तर में किरानी हैं। बीवी मुहल्ले के प्राइमरी स्कूल में पढ़ाती है। चार-पाँच बच्चे हैं। बड़ी लड़की श्यामा, सोनाली से चार-पाँच साल बड़ी है। शादी नहीं हुई है। अभी होगी भी नहीं। ऊषा सिलाई-मशीन के स्कूल में सिलाई-कढ़ाई सिखाती है। मगर, कभी देर से घर वापस नहीं लौटती। कभी मुहल्ले के किसी लड़के की तारीफ़ या शिकायत नहीं करती। कभी सिनेमा-थियेटर क्या, कालीघाट या दक्षिणेश्वर भी अकेली नहीं जाती है।

बासन्ती कहती है—श्यामा लड़की नहीं है, मिट्टी की मूरत है। मूरत ही सही, श्यामा को साथ लेकर नरेन बाबू को लेडी डाक्टरों के पास तो नहीं जाना पड़ता है।

शेफाली को लेकर सोनाली को जाना पड़ता था। नंगी फर्श भी जलने लगी। अण्डरवियर के किनारे-किनारे से पसीना चूने लगा। पेटीकोट भीग गया। सोनाली उठकर खड़ी हो गयी। जहाँ लेटी थी, वहाँ पसीने से जमीन अभी तक भीगी थी, उसकी चौड़ी देह की छाया-आकृति बना रही थी।

सोनाली बहुत लम्बी नहीं है, बहुत मोटी भी नहीं है। उसका शरीर खजुराहो की यक्षिणियों की तरह ठोस है और शरीर की रेखाएँ गहरे चढ़ाव-उतारों से भरी हैं। मदिरा के शास्त्रीय प्याले की तरह कमर दो स्तूपों को बराबर-बराबर बाँटती है। रनजीत बाबू का कहना है कि अगर जयदेव के गीत-गोविन्द की फिल्म बनायी जाए, तो उसकी नायिका के लिए अपनी इस सोनाली को ही तैयार करना होगा।

रनजीत बाबू फिल्म बनाते हैं। उनकी इन बातों से सोनाली शरमाती नहीं है। उसे आदत हो गयी है। अपनी नंगी छाती या अपनी नंगी कमर देखकर भी सोनाली शरमाती नहीं है। उसे आदत हो गयी है ! वैसे, उसकी उम्र ज़रूर ऐसी है कि इन बातों से और अपने नंगे शरीर से और चार बजे सुबह के अपने इस अकेले कमरे से वह शरमाया करे। किन्तु, शरमाने का कोई उपाय नहीं है। आदत हो गयी है।

सोनाली !—विमल ठाकुर अपने कमरे से पुकारते हैं। बाहर कुत्तों का शोरगुल रुक गया है, और सुबह होने के पहले की सफेदी फैलने लगी है। सोनाली कोई उत्तर नहीं देती, फटी हुई और पसीने की दुर्गन्धि से महकती हुई ब्लाउज पहनने लगती है। साड़ी नहीं पहनती। बीच का दरवाज़ा खोल देती है; और, हल्के और निरीह स्वर में पूछती है—बाबा ?

आठ बजे सुबह नाश्ता करके, विमल ठाकुर दफ्तर के लिए विदा हुए। बस-स्टैन्ड पर आये, तो देखा, दरजन भर लाठीवाले कान्सटेब्ल खड़े हैं, और आसपास बहुत सारे लोग तितिर-बितिर हैं। लोगों पर आतंक नहीं है, अनिश्चय है, असुविधा है।

बस-डिपो का बड़ा शेड, और तीन-चार बसें जल गयी हैं। केवल बम ही नहीं फेंके गये हैं, पेट्रोल डालकर बसों को जलाया गया है। सिगरेट की दूकान पर गाँगुली खड़ा था। पास आकर बोला दादू, आज दफ्तर कैसे जाएँगे आप ? बसें तो नहीं जा रही हैं !

विमल ठाकुर ने उत्तर नहीं दिया। दफ्तर तो जाना ही होगा। चाहे पैदल ही क्यों न जाना पड़े ! डलहौजी स्क्वायर की एक बड़ी बिल्डिंग में एक छोटा-सा कमरा है। कमरा है और टेलीफोन है। दो-चार फाइलें भी हैं। दीवार पर आइन्स्टीन, रशेल और रवीन्द्रनाथ ठाकुर के चित्र हैं। काँच के फूलदान में रामलाल रोज़ फूल सजा देता है, पानी बदल देता है।

मगर, पैदल ही दफ्तर जाना पड़ेगा। सिर्फ तेरह नम्बर की बसें ही नहीं, शहर में कहीं कोई ट्राम-बस, या टैक्सी नहीं चल रही है। हड़तालियों ने रास्तों पर पेड़ काटकर गिरा दिये हैं। राजभवन के सामने और मुख्य मन्त्री की कोठी के सामने कई बार भीड़ पर गोलियाँ चली हैं। लाठी-चार्ज का तो कोई हिसाब ही नहीं।

कल शाम को विमल बाबू दफ्तर से लौट रहे थे। डलहौजी से पैदल एस्प्लेनेड आते हैं। काफीहाउस में रनजीत बाबू और मिसेज़ सविता राय चौधुरी के साथ घंटे भर बैठते हैं। यह नित्य का नियम है।मगर, कल नियम टूट गया। राजभवन के सामने राइफलबन्द मिलिटरी पुलिस के कई दस्ते मोर्चाबन्दी किये थे और सामने हजारों-हजार हड़ताली थे। पोर्ट के कुली-मजदूर, कल-कारखानों के कर्मचारी, युनिवर्सिटी के छात्र और छात्राएँ, रिफ्यूजी कैम्पों के मर्द, बच्चे, औरतें, और लाल झंडेवाली राजनीतिक पार्टियों के कार्यकर्ता···

सभी कुछ बड़े नाटकीय ढंग से हो रहा था। बीस-पचीस लोगों के एक जत्थे को फूल-मालाएँ पहनायी जातीं। जत्था आगे बढ़ता, पुलिस की सीमा-रेखा को पार करने की कोशिश करता। पुलिस उन्हें गिरफ्तार कर लेती, और अपनी गाड़ियों में बैठाकर चली जाती। फिर, दूसरा जत्था। फिर, तीसरा जत्था। फिर, चौथा।

विमल बाबू को मज़ा आ रहा था। यह भी कोई आन्दोलन है? दो-चार नारे लगाये, मालाएँ पहनीं, जेल चले गये। और यह आन्दोलन है क्यों? सरकार की खाद्य-पालिसी के खिलाफ़ ही तो? इन पार्टियों के प्रतिनिधि तो विधान-सभा और लोक-सभा में हैं ही। वे वहीं अपनी आवाज़ क्यों नहीं बुलन्द करते हैं? नाहक ग़रीब और अनपढ़ी जनता को कष्ट देने, इतनी धूप और वर्षा में, पुलिस की लाठियों और गोलियों में खड़ा करने की क्या ज़रूरत है? विमल ठाकुर ऐसी ही बातें सोचते हैं। राजनीति का उन्हें कुछ पता नहीं। भीड़ देखते हैं, और घबड़ा जाते हैं। जलूस में झण्डा लिए खड़ी

दुबली-दुबली लड़कियों के सूखे ओठ देखते हैं और घबड़ा जाते हैं। उन्हें राजनीति के चक्रों का कुछ पता नहीं।

अचानक, पता नहीं, कहाँ से उड़ते हुए पत्थर के दस-बीस टुकड़े आये और एक-दो पुलिसवालों के सर टूट गये। खून बहने लगा। और पुलिस-दस्ते के चीफ़ ने आज्ञा दी—फायर!

विमल ठाकुर भीड़ के साथ बड़ी तेजी से भागे। उन्हें लगा कि राइफल से छूटती हुई हर गोली उनका पीछा कर रही है। वे जुलूस में नहीं थे, नारा लगाने वाले जत्थों में नहीं थे, फुटपाथ के किनारे खड़े दर्शक थे, तटस्थ दर्शक। लेकिन उन्हें लग रहा था कि गोलियाँ अब उनकी पीठ में धँसीं··· अब धँसीं।

'अन्नपूर्णा' के पास आकर वे एक गली में घुस गये। एक वे ही नहीं, भीड़ के हजारों आदमी। औरतें, बच्चे, मर्द, बूढ़े······क्योंकि, लाठीवाली पुलिस और घुड़सवार पुलिस और मिलिटरी जीपों पर लदी पुलिस पीछा कर रही थी, पागल होकर पीछा कर रही थी।

क्रूक्ड लेन में आकर विमल बाबू दम लेने के लिए रुके। दम फूल गया है, गले से आवाज़ नहीं निकलती। लोग पाँव कुचलते हुए, धक्का मारते हुए भागे जा रहे हैं। इस भागने का अन्त नहीं है। अन्त क्यों नहीं है?

ट्राम, बस, टैक्सी, कुछ नहीं मिलेगी, दादू, कहिए तो अपनी साइकिल आपको ला दूँ,—गाँगुली ने फिर कहा।

नहीं; रिक्शे से ट्राम डिपो जाता हूँ। वहाँ टैक्सी नहीं मिली तो वापस लौट आऊँगा। एक दिन दफ्तर नहीं सही—विमल बाबू ने उत्तर दिया, और चश्मे की फ्रेम पर जम आये पसीने को पोंछते हुए, आगे बढ़ गए। गाँगुली

ने दो पैकेट कैप्सटन खरीदा, और अपने साथियों से बोला—अब मैं चल दिया भाई, कोई रास्ता देखता होगा।

•
•
•

किड स्ट्रीट के 'ग्रीनउड' होटल में रनजीत बाबू का फ्लैट है। फ्लैट क्या है, एक कमरा है। पिछले आठ-दस वर्षों से इसी कमरे में अकेले रहते हैं। लोग जानते हैं, रनजीत बाबू फिल्म व्यवसाय से सम्बन्धित हैं। फिल्म बनाते हैं। फिल्म डिस्ट्रीब्यूट करते हैं, या फिल्म डायरेक्ट करते हैं, या फिल्म प्रोड्यूस करते हैं, यह कोई नहीं जानता। अपनी एक कार है। कार साल, दो साल पर बदलती रहती है। पहले शिवर्ले थी, फिर बड़ी सी डाज आयी, अब हिन्दुस्तान के नये माडल की एम्बेसेडर है। कार के सिवा, रनजीत बाबू का कुछ नहीं बदलता है। कमरा वही है, कुद भी एकदम वही हैं। ओठों पर हर-दम डिप्लोमेटिक मुस्कुराहट खेलती रहती है। आँखों पर हरदम मोटी लाईब्रेरी फ्रेम का चश्मा चढ़ा रहता है। शुरू से ही चारमीनार सिगरेट पीते हैं। दिन भर में दस-ग्यारह पैकेट। कैरूज़ की ह्विस्की पीते हैं। ब्लैक काफ़ी पीते हैं। विमल ठाकुर और मिसेज राय चौधुरी, यही उनकी दोस्ती की सीमाएँ हैं। ज्यादा लोगों से दोस्ती रखना पसन्द नहीं करते। नये लोगों से परिचय भी नहीं करते। मगर, एक बार यह सीमा टूट गयी थी, यह पसन्द ख़त्म हो गयी थी। एक फिल्म की आउटडोर शूटिंग के सिलसिले में रूपकला प्रोडक्शन्ज़ की यूनिट के साथ बेहाला रिफ्यूजी कैम्प गये थे रनजीत बाबू।

सोनाली! अपने कमरे की खिड़की के पास आकर खड़े हो गये। सुबह हो

चुकी है। बेयरा सुबह की काफ़ी दे गया है। एक कप पी चुके हैं। पौट से दूसरा कप ढालने की इच्छा नहीं होती है। खिड़की के नीचे शहर जाग रहा है। रात भर जगी कारें 'सिल्वाना' होटल-एन्ड-बार के पोर्टिको से निकल कर भाग रही हैं। सामने के मकान की औरतें छत पर बैठकर चाय पी रही हैं। चाय पिएँगी, और दफ्तर जाने की तैयारी शुरू कर देंगी। नौ बजे तक डलहौज़ी की किसी न किसी बड़ी बिल्डिंग में पहुँचना ही है। नौ बजे सुबह से पाँच बजे शाम। फिर, घर लौटकर किसी होटल या बार या रेस्तराँ की तैयारी। फिर, रात में अकेले या किसी दोस्त के साथ लौटकर अपने कमरे में सो जाना। सामने के मकान की एंग्लो-इंडियन औरतों की यही दिनचर्य्या है। इसमें कभी कोई व्याघात नहीं आता।

व्याघात आता है रनजीत बाबू के जीवन में। क्योंकि वे किसी दिनचर्य्या पर विश्वास नहीं करते। किसी की बात पर विश्वास नहीं करते। कभी करते थे। अब नहीं करते। विश्वास करने से कोई लाभ नहीं है। कभी था, अब नहीं।

पूरबी ! कमरे में पूरबी का कोई फोटोग्राफ नहीं है। बहुत दिनों पहले था। अब नहीं है। क्यों नहीं है ? एक फोटोग्राफ रखने से क्या बिगड़ जाता है। वैसे भी तो उसे भूल नहीं पाये हैं। भूल जाना बहुत आसान है। सोनाली, या कोई भी और लड़की। कैरूज़ की ह्विस्की या कोई भी और शराब ! फ्लश, रमी, या ताश का कोई भी और खेल। और, फिल्म स्टूडियो का वातावरण। एयर-कंडिशन हाल वाले होटलों का वातावरण। वैज्ञानिक युग की श्रेष्ठतम सुख-सुविधाओं का वातावरण !

हाथ-मुँह धोकर रनजीत बाबू ने कपड़े बदले, और नीचे गैरेज में आकर अपनी एम्बेसेडर में बैठ गये।

किड स्ट्रीट, फ्री स्कूल स्ट्रीट, पार्क स्ट्रीट, चौरंगी रोड, थियेटर रोड, लैन्सडाउन रोड। स्ट्रीटों और रोडों के कंक्रीट की बुनी शतरंज को पार

करते हुए रनजीत बाबू की कार लैन्सडाउन के एक चौराहे के पास रुक गयी। कार बन्द करके, वे सामने की गली में घुस गये। सात-आठ बजे रहे होंगे, फिर भी गली में खामोशी थी, और अन्धेरा भी था।

शायद यही मकान है। दरवाज़ा अन्दर से बन्द है, मकान के नम्बर का पता नहीं, फिर भी लगता है, यही मकान है।

ऊपर छज्जे की खिड़की से पूरबी देख रही थी। नीचे उतर आई। दरवाज़ा खोलकर बोली—अन्दर आ जाओ। अच्छा हुआ कि सीता बाहर गई है, चन्दर भी नहीं है। चलो, जल्दी ऊपर चलो। मकान की दूसरी औरतें देखेंगी तो हँसेंगी। यहाँ शाम से पहले पराये मर्द नहीं आते हैं।

रनजीत बाबू लगभग दो साल पहले पूरबी से मिलने आये थे। सोनाली यहीं रहेगी। अपने 'ग्रीनउड' होटल में रखना संभव नहीं है। मगर पूरबी ने मना कर दिया था। साफ़ कह दिया था···मकान की दूसरी औरतें एतराज़ करेंगी। लड़की बदसूरत होती तो बात भी थी। यह तो और सभी औरतों का बिजनेस ठप कर देगी। जो एक बार इसे देख लेगा वह सीता के पास क्या लेने के लिए बैठेगा?

सीता पूरबी की बेटी है। पूरबी रनजीत बाबू की ब्याहता पत्नी है। पिछली लड़ाई के पहले ही रनजीत बाबू अपनी पत्नी के साथ कलकत्ता आये थे। सोचा था, कोई छोटी-मोटी नौकरी कर लेंगे, और कविताएँ लिखेंगे। कविता लिखना ही उनके जीवन का एकमात्र उद्देश्य था। एक छोटा-सा उद्देश्य था पूरबी को प्रसन्न रखना। इसीलिए, कलकत्ता चले आये। किसी कर्मशियल फर्म में सत्तर-पचहत्तर रुपयों की नौकरी भी लग गई। यह पिछली लड़ाई के पहले की घटना है।

महायुद्ध शुरू हुआ। महायुद्ध खत्म हुआ। फिर आया देश-व्यापी अकाल। कलकत्ते की सड़कों पर आदमी का गोश्त सड़ने लगा। चारों ओर मौत की

दुर्गन्धि व्याप्त हो गई। पचहत्तर रुपयों की नौकरी वाले रनजीत बाबू इस दुर्गन्धि से अपने को बचा गये। हर शाम को दफ्तर से लौटते वक्त ईडेन-गार्डेन से गुलाब, या बेला, या चम्पा, या मालती के फूल (चुराकर ही सही!) अपनी पूरबी के लिए लाते रहे। मानिकतल्ला की जिस गली के जिस कमरे में वे दोनों रहते थे, वहाँ गुलाब की गन्ध रही, और पूरबी की खिलखिलाहट रही, और रनजीत बाबू की हँसी-मज़ाक भरी बातें रहीं। मौत की दुर्गन्धि उस छोटे से, और पवित्र कमरे में झाँकने का साहस नहीं कर सकी।

लेकिन। एक दिन शाम को धरमतल्ले के किसी मामूली रेस्तराँ के सामने किसी दोस्त के द्वारा पूरबी और रनजीत बाबू का परिचय एक सिन्धी व्यापारी से हुआ। यह व्यापारी बंगाली फिल्मों में रुपया लगाता था।

आइ ऐम आर० एस० करनानी। सोल डिस्ट्रीब्यूटर आफ़···फिल्म कम्पनी! आइ विल मेक ए मैन आफ़ यू, रनजीत!—'एल मोरेको' के स्प्रिंगदार दरवाज़े के भीतर रनजीत बाबू को धकेलते हुए, और पूरबी की तरफ़ ग़ौर से देखते हुए, मिस्टर करनानी ने कहा था। करनानी का यह वाक्य-खण्ड—आइ विल मेक ए मैन आफ़ यू, रनजीत! रनजीत, मैं तुम्हें आदमी बना दूँगा!—यह वाक्य-खण्ड रनजीत बाबू अभी तक भूल नहीं सके हैं। पूरबी को भूलना संभव नहीं है। मिस्टर करनानी को भूलना भी संभव नहीं है। करनानी की उँगलियों में कितना बड़ा पुखराज दप-दप चमकता रहता था···

चाय पियोगे?—पूरबी बिना बाँहों की कुर्सी पर बैठ गई। कमरे में एक ही कुर्सी थी। एक बड़ा-सा पलंग था।

पलंग पर बैठ जाओ! पलंग गन्दा नहीं है। सीता या मैं इस पलंग पर किसी के साथ नहीं सोते हैं। सोने के लिए अलग कमरा है। बैठ जाओ।—पूरबी की इस बात का भी कोई उत्तर रनजीत बाबू ने दिया नहीं। चुपचाप कमरे

की बीच में स्तम्भ की तरह खड़े रहे। कुर्सी पर निढाल-सी बैठी पूरबी को देखते रहे।

कमरा शान्त हो गया। पूरबी के व्यंग्यों से कमरा गर्म हो गया था, रनजीत बाबू की चुप्पी से और गंभीरता से सर्द होने लगा।

कोई बाबू आये हैं क्या पूरबी मासी ? दरवाज़े का पर्दा गिरा लो। नौकर का कोई काम पड़ेगा ? मैं इसे बाजार भेज रही हूँ—पास के कमरे की नन्दिता ने अपने कमरे से ही कहा। पूरबी ने कोई उत्तर नहीं दिया। चुपचाप कुर्सी पर बैठी रही। रनजीत बाबू खड़े रहे। लगभग दस मिनट बीत गये। रनजीत बाबू दो साल बाद आये हैं। इससे पहले सोनाली को लेकर आये थे।

पूरबी अपने स्वामी को देख रही थी। बहुत कमज़ोर और बहुत उदास हो गये हैं। ऐसे तो कभी नहीं थे। उस दिन भी नहीं जब मैं सीता को साथ लेकर मानिक-तल्ले के उस मकान से चली आई थी। उस वक्त तो हँसते हुए बोले थे—तुम लौट आओगी, पूरबी, मेरे सिवा कोई सहारा देने वाला नहीं मिलेगा। जाना चाहती हो, जाओ। रहना चाहती हो, रहो। मगर, बीवी की तरह नहीं, अब बीवी की तरह तुम मेरे पास नहीं रह सकोगी !

फिल्मों के लिए जो डायलाग लिखते हो, उसे मेरे सामने मत दुहराओ; रनजीत ! मैं फिल्मी डायलाग बोलती और सुनती हुई बहुत थक गई हूँ—पूरबी ने कहा था, और सीता को सीढ़ियों पर धकेलती हुई नीचे उतर आई थी। टेढ़ी और घुमावदार और पेचीली सीढ़ियाँ। सीढ़ियों के नीचे दरवाज़ा। दरवाज़े के बाहर बड़ा-सा लान। फिर, चारदिवारी। फिर सड़क। सड़क पर एक किनारे डिस्ट्रीब्यूटर करनानी की, या डाइरेक्टर घोषाल की, या फिल्म-स्टार बसन्त कुमार की कार लगी हुई थी।

पूरबी ने अभ्यस्त हाथों से दरवाज़ा खोला और पिछली सीट पर सीता के

साथ बैठ गई। सीता तब बहुत छोटी थी। उसे अब उन दिनों की कोई बात याद नहीं है। यह भी नहीं कि रनजीत उसके पिता हैं।

चाय नहीं पियोगे ?—पूरबी ने दुबारा पूछना चाहा, मगर, पूछ नहीं पाई। आँखों के आगे धुँधलापन छा गया। वह रोने लगी। उसी तरह रोने लगी, जैसे हर औरत रोती है। उसी कारण से रोने लगी, जिस कारण से हर औरत रोती है। रिश्ते ख़त्म हो जाते हैं, सामाजिक संपर्क समाप्त हो जाते हैं, परिचय का कोई भी सबूत बाकी नहीं रहता। दीवारें अलग बन जाती हैं, दायरे अलग बन जाते हैं। फिर भी कुछ ऐसा है जो रह जाता है। समय और परिस्थितियाँ उसे मिटा नहीं पातीं, तोड़ नहीं पातीं। उसे रिश्ता नहीं कहा जा सकता। प्यार भी नहीं कहेंगे। स्मृति कह सकते हैं, मगर इस शब्द से भी उस भावना के प्रति पूरा न्याय नहीं किया जा सकता। वह कोई भावना है जो हमें मजबूर करती है कि हम काल, स्थान और परि-स्थितियों की सारी सीमाओं को एक बार ही तोड़ दें, और अतीत की उन स्थितियों को भविष्य की स्थितियों से जोड़ने लगें।

जैसे पूरबी जोड़ने लगी थी, और इसीलिए रोने लगी। क्या अतीत को भविष्य बनाया जा सकता है ?—यही प्रश्न उसके संपूर्ण अस्तित्व को झक-झोर गया। मगर, वह रुक गई। अचानक बुझ गये हुए इलेक्ट्रिक बल्ब की तरह रुक गई। फिर बोली—चाय नहीं पियोगे ?

सीता कहाँ है ?—इतनी देर तक सारी स्थिति को समझने की कोशिश करते रहने के बाद, रनजीत बाबू ने पूछा।

एक मारवाड़ी लड़का आता है। कल शाम उसके साथ गई थी। अब कुछ देर में आ ही जायगी। क्यों ?—पूरबी फिर वर्तमान में लौट आई।

वर्तमान सीता को किसी सस्ते होटल के सस्ते बिस्तर पर रात काटने ले जाता है। वर्तमान पूरबी को इजाज़त नहीं देता कि वह रनजीत के सामने

रोने लगे, और रनजीत से कहे कि उसका रोना बन्द कर दे। और, फिर, रनजीत बाबू का भी अपना अलग वर्त्तमान है। अपनी अलग समस्याएँ हैं। हम सभी अपने अलग-अलग वर्त्तमान की अलग-अलग समस्याओं से घिरे हैं। एक साथ रहते हैं, एक समाज में रहते हैं, एक स्थिति-परिस्थिति में रहते हैं, मगर हमारी समस्याएँ अलग हैं। क्योंकि, ज्यादातर समस्याएँ बाहर की सामाजिक-आर्थिक स्थिति से पैदा नहीं होती हैं—अन्दर की व्यक्तिगत भावनाओं से, अन्दर के व्यक्ति से पैदा होती हैं। फिर, ऐसा भी होता है कि सामाजिक-आर्थिक स्थिति से प्रभावित होकर, समय के जलते हुए रेगिस्तान में चलकर आदमी अपने लिए अपने 'व्यक्ति' के लिए बड़ी जटिल समस्याएँ बना लेता है। केवल आर्थिक आवश्यकताएँ ही नहीं, मानसिक कल्पनाएँ भी।

रनजीत बाबू की अपनी कल्पनाएँ होंगी। अपनी मानसिक आवश्यकताएँ होंगी। सिर्फ एम्बेसेडर कार ही नहीं, रात में सोते वक्त सिरहाने में कविता की कोई किताब भी···

•
•
•

शाम होती है तो सोनाली को लगता है, आज की रात नहीं बीतेगी। हर शाम ऐसा लगता है। जब से मछलीबगान के इस घर में आई है, रात नहीं बीतने का भय अधिक बढ़ गया है। क्योंकि, यहाँ अकेली रहती है। विमल बाबू देर से वापस लौटते हैं। फिर, भय का मूल कारण तो स्वयं वही हैं। वे नहीं होते, तो अकेलापन बर्दाश्त किया जाता है।

विमल ठाकुर दस बजे रात में शहर से लौटे। शहर से इसलिए लौटे कि मछलीबगान शहर में नहीं है। बस-डिपो कलकत्ता कारपोरेशन की सीमा में है। शहर वहीं खत्म हो जाता है। उसके बाद है गंगा की एक पतली-सी उपशाखा। किनारे पर आदिकाली का एक प्राचीन मन्दिर है, इसीलिए इसे कहते हैं, आदिगंगा। आदिगंगा पर लकड़ी के दो छोटे-छोटे पुल हैं। एक पुल से मछलीबगान जाते हैं, दूसरे पुल से मछलीबगान-पश्चिम। ये पुल जितने छोटे हैं, उतने सुन्दर भी हैं। रिक्शा जा सकता है, टैक्सी नहीं जा सकती। आदमी जा सकते हैं, हाथी नहीं जा सकते। कितनी ही बंगाली फिल्मों में इन दोनों पुलों का दृश्य अंकित किया गया है।

नदी में ज्वार आया हो, मछुओं और अनाज ढोने वाले किसानों की नावें ज्वार की लौ पर भागी जा रही हों, नावों की पालों की आड़ में सूरज डूब रहा हो, और पास के गाँवों की गृहस्थ औरतें शहर से वापस जा रही हों, तो पुल के किनारे खड़े होकर बस-डिपो की ओर देखना सोनाली को बहुत प्यारा-प्यारा लगता है। शायद, मन में यह दबी हुई इच्छा रहती है कि शायद कभी बस से उतरकर सुभाष आ जाए या शेफाली दीदी आ जाए। कोई आ जाए। कोई भी परिचित। कोई भी अपना। कोई भी ऐसा व्यक्ति जो कुछ माँगे नहीं, कुछ दावा नहीं करे। कोई अधिकार नहीं जताये, तनिक भी अभियोग-अनुरोध नहीं करे।

विमल ठाकुर का शरीर दुर्बल हो गया है। अपने पाँवों पर अब आस्था नहीं रही। पता नहीं कब कौन-सा अंग दग़ा दे जाए। इसीलिए, पुल पर जा भी नहीं सकते। कहीं ज्वार में पुल धँस जाए तो ?

विमल ठाकुर दस बजे रात में शहर से लौटे तो, सोनाली तुरत नहाकर कमरे में वापस आई थी, और युगान्तर दैनिक-पत्र देख रही थी। केवल राजभवन के पास ही नहीं, शहर के कितने ही भागों में गोलियाँ चली हैं। बारह-तेरह सौ लोग गिरफ्तार भी किये गये हैं। मुख्य मन्त्री ने स्टेटमेन्ट दिया है कि यह राजनीतिक आन्दोलन नहीं है, शहर के गुण्डों और लफंगों

का बलवा है। जनता को आतंकित और उत्तेजित नहीं होना चाहिए, सरकार पूरा यत्न कर रही है कि नगर की शान्ति सुरक्षित हो।

ठाकुर के कमरे में, जो एक साथ ही बेडरूम भी था, ड्राइंग भी, नरेन बाबू और जयसिंह बैठे थे। ठाकुर की प्रतीक्षा कर रहे थे। सोनाली चाय दे गई, ऐश-ट्रे और सिगार का डिब्बा दे गई। बोली—बाबा, तुम लोग बातें करो। मैं मीनाक्षी मामी के पास जाती हूँ। खाना बनने तक लौट आऊँगी।

मीनाक्षी जयसिंह की बंगाली पत्नी है। जयसिंह स्वयं जिला लुधियाना का खत्री है। इधर कई बरसों से कलकत्ते में रहने लगा है। सरकारी रेस्क्यू-होम की बेसहारा औरत, मीनाक्षी से विवाह कर लिया है, और बंगाली फिल्मों के एक्स्ट्रा आर्टिस्ट यूनियन का मंत्री है। देखने-सुनने में सुन्दर है, उम्र भी तीस के पार नहीं गई है, मगर, खुद कभी फिल्मों में काम नहीं करता। कहता है—यह नाचने-गाने का काम तो लड़कियों का है। हमसे तो राइफल चलवाओ। भाई, हमलोग तो आदमी को भून सकते हैं, चना नहीं भूनते।

एक ही इलाके में रहते हैं, फिर रनजीत बाबू जयसिंह को बहुत मानते हैं, इसीलिए वह अक्सर ठाकुर के पास आता रहता है। ठाकुर का आदर करता है, सोनाली की क़द्र करता है।

भूख-मार्च और खाद्य-आन्दोलन वालों के दंगे-फसाद तो तीन-चार दिनों से ज्यादा चलने वाले नहीं हैं। आज तो कहीं जुलूस भी नहीं निकला। ट्राम-बस भी चलने लगी हैं,—जयसिंह ने चाय पीते हुए कहा।

ज़रूरी था कि नरेन बाबू विरोध करते। पोर्ट कमिश्नर के दफ्तर में काम करते हैं, लेबर यूनियन के कम्युनिस्ट और सोशलिस्ट लीडरों से साबका पड़ता रहता है, राजनीतिक चक्र अच्छे लगते हैं। किन्तु, विरोध करने के लिए अधीर मित्तिर खुद आ गए।

मित्तिर साहब जयप्रकाश-कट कुर्ता पहनते हैं, कैप्सटन सिगरेट पीते हैं, बड़ा लड़का यादवपुर इंजीनियरिंग में पढ़ता है, खुद टालीगंज इलाके के प्रमुख सोशलिस्ट नेता हैं। विधान-सभा या लोक-सभा के लिए स्वयं कभी खड़े नहीं हुए हैं, लेकिन मित्तिर साहब की सहायता के बिना इस इलाके से कोई जल्दी जीत नहीं सकता। सोशलिस्ट पार्टी का अपना उम्मीदवार नहीं रहा, तो स्वतन्त्र उम्मीदवारों को मित्तिर साहब की सेवा मिलती है।

आते ही बोले—आन्दोलन ख़त्म नहीं हुआ है, मिस्टर जयसिंह, ख़त्म होगा भी नहीं। सरकार अपनी फूड-पालिसी बदले, फूड-मिनिस्टर को गद्दी से हटाये, आम पब्लिक के लिए चावल की सुविधा करे, तभी आन्दोलन रुकेगा। तुम जानते हो? देश के इतिहास में यह पहली घटना है, जब कम्युनिस्ट पार्टी और प्रजा सोशलिस्ट पार्टी मिलकर कोई आन्दोलन चला रही है। यह आन्दोलन मज़ाक नहीं है।

मित्तिर साहब बोलने लगते हैं, तो फुलस्टाप नहीं लगता है। उँगली में पड़े मूँगे को इधर से उधर घुमाते रहते हैं और धाराप्रवाह बोलते रहते हैं। मगर, चाय नहीं, तो भाषण भी नहीं। बोले—सोनाली बेटी, आज तेरे हाथों की चाय नहीं मिलेगी क्या?

सोनाली तो अभी-अभी जयसिंह के घर गई है। आप अपनी बात जारी रखिए। नमिता चाय लाती ही होगी। नमिता!···नमिता!—ठाकुर ने नौकरानी को पुकारना शुरू किया। तभी, चाय लेकर वह आ गई।

सोनाली नहीं है। उसके हाथों की चाय का रंग ही और होता है। विमल बाबू, यू आर रिअली फार्च्युनेट। आपने ऐसी बेटी पायी है···देवी-प्रतिमा की तरह सुन्दरी, सरस्वती की तरह गुणवती। काश, इसकी माँ अब तक जिन्दा होती!—ठाकुर मित्तिर साहब की इस बात से आघात नहीं पाते। मुस्कुराने लगते हैं। सोनाली की प्रशंसा किन्हीं भी शब्दों में क्यों न की जाए, उन्हे अच्छा लगता है। सोनाली उनकी बेटी नहीं है, यह तथ्य मछली-

बगान के किसी भी व्यक्ति को मालूम नहीं है। मालूम नहीं रहना ही अधिक सुरक्षापूर्ण है, यह जानते हुए भी, अगर कोई व्यक्ति उन्हें याद दिलाता है कि वे सोनाली के पिता हैं या सोनाली ही उन्हें 'बाबा' कहकर सम्बोधित करती है, तो उन्हें दुःख होता है।

यह दुःख स्वाभाविक है। सामाजिक नियमों और नैतिक मान्यताओं, सीमाओं के लिए भले ही अस्वाभाविक हो, विमल ठाकुर के लिए यह दुःख स्वाभाविक है। सोनाली तो किसी प्रकार भी उनकी कोई नहीं है। बेटी किसी प्रकार भी नहीं।

मगर!

सोनाली उनकी कोई नहीं हो, इर्द-गिर्द समाज है। मछलीबगान का समाज। टालीगंज का समाज। डलहौजी स्क्वाएर का समाज। कलकत्ते का समाज। समाज के अन्दर समाज है, और फिर समाज के अन्दर समाज है, और व्यक्ति को समाज में रहना है तो समाज की मान्यताओं और सीमाओं और संस्कारों के अन्दर ही रहना होगा।

अन्धेरे में आप नंगे रह सकते हैं, मगर, उजाले में तो आपको तन ढकना ही होगा, अपने नंगे शरीर और समाज की आँखों के बीच कपड़े का मोटा पर्दा डालना ही होगा। समाज नंगापन चाहता है, मगर उजाले में नंगापन नहीं चाहता। चाहता है अन्धेरे में, चाहता है एकान्त में, चाहता है गुफाओं में, कन्दराओं में, जंगलों में, पहाड़ी दर्रों में, बन्द कमरों के मसहरी लगे बिस्तरों में!

रनजीत बाबू और विमल ठाकुर की दोस्ती बहुत गाढ़े दिनों की दोस्ती है। उम्र में रनजीत विमल से छोटे हैं, और दोस्त की तरह ही नहीं, बड़े भाई की तरह आदर करते हैं।

पूरबी जिस फिल्म की साइड-हीरोइन बनी थी, उसी के उद्घाटन समारोह

में बीच के किसी व्यक्ति ने दोनों का परिचय कराया। 'दर्पन' सिनेमा हाउस के एक बाक्स में दोनों साथ बैठे। साथ में बैठी पूरबी।

ठाकुर ने पूछा—क्या व्यवसाय करते हो ? या, अब कुछ नहीं करते ?

'अब' शब्द पर ठाकुर ने इस तरह दबाव डाला था, कि रनजीत शरमाये तो अवश्य ही, पराजित भी हो गए। फिर, ठाकुर की बड़ी-बड़ी स्याह आँखों और लम्बी, नुकीली, सीधी खड़ी नाक की ओर देखते हुए बता गये कि पहले जिस दफ्तर में वे किरानी थे, वह दफ्तर बन्द हो गया है। पहले जिस कमरे में रहते थे, उस मकान का एक समूचा फ्लैट किराये पर ले लिया है। छोटी-सी एक गाड़ी भी खरीदी है। दो-एक प्रोड्यूसरों ने वादा किया है कि मेरी लिखी कहानियों की फिल्म बनाएँगे।

हफ्ते या दो हफ्ते बाद जब रनजीत बाबू 'द स्टाइल' के दफ्तर में आये, तो ब्लैक कॉफ़ी के तीसरे प्याले पर विमल ठाकुर ने उनसे कहा—भाई, एक बात कह देता हूँ। पूरबी को तुम अपने फ्लैट और अपने बिस्तरे में बाँधकर नहीं रख सकोगे। तुम सीधे-सादे आदमी हो, झूठ नहीं बोलते हो, इसीलिए मैंने कह दिया। बाद में तुम्हें ज़बरदस्त शाक नहीं लगे, इसीलिए कहा है।

रनजीत बाबू के सामने ब्लैक कॉफ़ी का प्याला बहुत देर तक पड़ा रहा। सिर झुकाये कितनी ही बातें सोचते रहे। पूरबी। इतनी-सी सीता। एक शक था कि सीता का मोह, शायद उनके और पूरबी के बीच बन्धन बन जाए। यह बन्धन पूरबी तोड़ नहीं सके। एक शक था। शक नहीं था, आशा थी।

किन्तु, एक ही घूँट में प्याला खाली करते हुए, वे बोले—तुम ठीक कहते हो ठाकुर साहब ! मैं कृतज्ञ हूँ, जो तुमने इतनी सीधी और इतनी सही बात कही है।

विमल ठाकुर मुस्कुराये नहीं, उदास हो गये। उदास होकर 'द स्टाइल' का

प्रूफ देखने लगे 'द वायर वाज़ ब्रोक्न' के बदले में कम्पोज हो गया है, 'द वाइफ़ वाज़ ब्रोक्न'। 'वायर' के अक्षर 'आर' के बदले, वाइफ़ का अक्षर 'एफ़'। लेकिन, ठाकुर को इच्छा नहीं हुई कि 'एफ़' को 'आर' बना दें। एक बार निगाहें उठाकर रनजीत की तरफ़ देखा, वे चारमीनार सिगरेट के धुएँ में लिपटे हुए थे। फिर, बार-बार पढ़ने लगे···द वाइफ़ वाज़ ब्रोक्न···द वाइफ़ वाज़ ब्रोक्न···द वाइफ़ वाज़···द वाइफ़···। अनायास ही, अनजाने ही 'वाइफ़' शब्द को पेलिकन कलम की लाल स्याही से घेर दिया, हाशिये की तरफ़ एक लकीर खींच दी, और लिख दिया, 'हसबेन्ड'···'द हसबेन्ड वाज़ ब्रोक्न' !

विमल ठाकुर अपनी इस बेवकूफ़ी पर मुस्कुराने लगे। पत्नी नहीं टूटी है, पति टूट गया है। तार नहीं टूटे हैं, पत्नी टूट गई है। पति नहीं टूटा है, पति-पत्नी टूट गये हैं। पूरबी क्या अपने-आपको साबित बचा सकेगी ? रनजीत टूट गया है, तो क्या खुद पूरबी भी नहीं टूट गई है ?

उस दिन फिल्म के प्रीमियर शो में उन्होंने दो पूरबी को देखा था। एक वह पूरबी थी, जो फिल्म के पर्दे पर थी, फिल्म की प्रेम-कहानी में थी, फिल्म के नायक और खलनायक के बीच झूल रही थी। आँखों में शैम्पेन के नशे का रंग, ओठों पर सूखती हुई जिन्सी तिश्नगी ! और, एक वह पूरबी थी, जो रनजीत की बगल में किसी मासूम हिरनी की तरह बैठी थी, जिसे किसी बड़े चिड़ियाखाने में लाकर छोड़ दिया गया है। आँखों में बच्चों जैसी चपलता और निश्छलता, ओठों पर प्यास नहीं, तृप्ति की शान्ति।

मगर, विमल ठाकुर जानते हैं कि यह निश्छलता दो छन की है, यह शान्ति दो टके की है। यही होता है। यही होता आया है। इस वैज्ञानिक और व्यावसायिक युग को गाली देने की ज़रूरत नहीं है। शारीरिक सुख-ऐश्वर्य्य आज ही व्यक्तियों को अन्धेरी और पागल घाटियों में नहीं भटकाता है, हर युग से भटकाता आया है। और व्यक्ति क्यों नहीं भटके ?

बँधे रहने में क्या सुख है ? अगर, धूमकेतु की तरह चमककर बुझ जाने की

संभावना हो, तो क्यों नहीं टूट लिया जाए ? क्या होता है प्रेम ? क्या होता है दाम्पत्य सुख ? क्या होता है परिवार ? क्या होता है समाज ?

और फिर, व्यक्ति खुद ही नहीं टूटता है, उसे टूटकर अलग हो जाने के मौके दिये जाते हैं। पूरबी को यह अवसर मिस्टर करनानी ने दिया हो, या फिल्मस्टार बसन्त कुमार ने, या स्वयं रनजीत ने ! अवसर उसे दिया गया है। पूरबी का कोई अपराध नहीं है।

पूरबी का कोई दोष नहीं है, ठाकुर भाई ! अपराध मेरा है। मेरा ही क्या, इस सम्पूर्ण समाज-व्यवस्था का है !—रनजीत बाबू ने कहा।

दोष किसी का हो, क्या बनता-बिगड़ता है। किसका दोष है, यह जान लेने से भी तो हम दोषी को फाँसी पर चढ़ा नहीं सकेंगे ! तय है कि समाज-व्यवस्था का दोष है। मगर, क्या समाज-व्यवस्था बदल जाने से यह घटना दुहरायी नहीं जाएगी ? दासता के युग में, या सामन्तवाद के युग में, या नौकरशाही में ऐसा नहीं होता था ? और, क्या समाजवाद-साम्यवाद आने से यह सब रुक जाएगा ?

नहीं रुकेगा। पत्नियाँ पति को दगा नहीं दें, यह सिर्फ इसी बात से रुक सकता है कि विवाह की संस्था को ही समाप्त कर दिया जाए। स्त्री-पुरुष में विवाह हो ही नहीं। मगर इसके बाद ?

परिवार कैसे बनेंगे, समाज कैसे बनेगा, जीवन का, सामाजिक जीवन का क्या रूप होगा ? क्या उस रूप की कल्पना से ही आत्मा सिहर नहीं उठती है ? जब हम नहीं जान पाएँगे कि हमारा पिता कौन है। नहीं जान पाएँगे कि माता कौन है। संस्कार नहीं रह जायगा, संस्कृति नहीं रह जाएगी, सभ्यता नहीं रह जाएगी—समूचे संसार में एक ही जाति रह जाएगी, 'बैस्टर्ड' जाति।

विमल ठाकुर ने यह सारी बातें सोचीं अवश्य, रनजीत से कहा नहीं। बहस करना, या तर्क भी करना उन्हें पसन्द नहीं है। वयोवृद्ध व्यक्ति हैं, निर्णय करते हैं, शंकाएँ नहीं करते।

मैं तो यही कहूँगा कि पूरबी को बाँधने की कोशिश मत करो। वह ज्वालामुखी हो चुकी है, अपने आपको उसमें जलाओ नहीं,—ठाकुर ने संक्षिप्त उत्तर दिया। रनजीत इसी उत्तर की प्रतीक्षा कर रहे थे। बोले—अब जाता हूँ। जब इच्छा होगी, आ जाया करूँगा। अक्सर आऊँगा।

•
•
•

गाँगुली बहुत खूबसूरत लड़का है, हर परिचित लड़की उसे प्यार करने लगती है। गाँगुली बहुत चुस्त-चालाक लड़का है, हर परिचित लड़की उससे पराजित होना चाहती है। गाँगुली मछलीबगान का हीरो है। यह बात सोनाली को पता है। सोनाली जानती है, कि बस-डिपो पर गाँगुली और उसके दोस्तों ने ही बम फेंके हैं, पेट्रोल छिड़ककर आग लगाई है। सोनाली जानती है; मगर गाँगुली को प्यार नहीं करती, उससे पराजित होना भी नहीं चाहती है।

सारा कुछ तुम पर निर्भर करता है, सोनी, मेरा क्या है ! आज तुम्हारे साथ रेस्तराँ में बैठा आइसक्रीम खा रहा हूँ। हो सकता है, कल अलीपुर जेल में खिचड़ी पकाता रहूँ। लेकिन,···गाँगुली ने सिगरेट का क़श खींचा, और आश्वस्त दृष्टि से सोनाली को देखता रहा। वह चम्मच से तोड़-तोड़कर आइसक्रीम खा रही थी।

सोनाली !

सोनी !

उसने धीरे-धीरे अपना चेहरा ऊपर उठाया और स्थिर निगाहों से एक बार गाँगुली को देखकर, आइसक्रीम में खो गई । इतना शान्त और मधुर चेहरा, और विमल ठाकुर ! गाँगुली को गुस्सा आने लगा—तुम मुझे अपना नहीं समझती हो ? क्या अपनी बात तुम्हें कहने का मुझे अधिकार नहीं है ? अपने प्यार के लिए नहीं, तुम्हारे सुख के लिए, तुम्हारी सुरक्षा के लिए ही मैं कुछ बातें तय कर लेना चाहता हूँ ।

बगल की टेबुल पर एक परिवार बैठा था। बड़ी लड़की फ्राक में ही थी, मगर बार-बार इन दोनों की ओर देख रही थी। समझ रही थी। समझने की कोशिश कर रही थी कि ये दोनों आपस में क्या बातें कर रहे हैं। गाँगुली ने अपना स्वर धीमा किया···क्या तुम ठाकुर को प्यार करती हो ? वे तो तुम्हारे पिता नहीं हैं। कोई नहीं हैं। फिर, उनके साथ क्यों रहती हो ? अपने शरीर पर उनका अत्याचार क्यों बर्दाश्त करती हो ? तुम्हारी जैसी स्त्री पाकर तो कोई भी युवक अपने को पथ्वी का सबसे भाग्यशाली व्यक्ति अनुभव करेगा ।

मुझे मालूम है। बाबा कहते हैं कि मेरी जैसी लड़की सदियों में एक बार पैदा होती है,···सोनाली बहुत फीकी हँसी हँसने लगी।

बरसात का मौसम आ चुका है। हवा में अजीब सर्दी भरने लगी है। फूल नई सुगन्धियों में तैरने लगे हैं। मगर, तुम हो, तुम्हारा बन्द कमरा है, और तुम्हारे बाबा हैं। कमरा खोलकर बाहर भाग आने की तुम्हारी इच्छा नहीं होती है ?—गाँगुली सामने की कुर्सी पर था। घुटने आपस में टकराये। पहली बार। दूसरी बार। सोनाली ने अपने घुटने पीछे नहीं खींचे। पुरुष शरीर का स्पर्श बुरा नहीं लगा। मगर, वह नहीं चाहती थी कि गाँगुली

सीमा से एक इंच भी आगे बढ़े ।

गाँगुली ने वादा किया था कि 'अमृतायन' में बैठकर आइसक्रीम खाएँगे, और वापस चले आएंगे ।

नहीं, भाग आने की इच्छा नहीं होती है। बाबा मुझे बहुत मानते हैं, —सोनाली ने अपने दोनों घुटने पीछे खींच लिये ।

तुम बहुत चालाक हो । तुमसे बातें करते हुए लगता है, किसी तेज़ खरगोश का पीछा कर रहे हैं।…यह रेस्तराँ बहुत शान्त है, यहाँ सभ्य लोग शाम बिताने आते हैं !…बाहर फुटपाथ पर कितनी भीड़ है। इस भीड़ में खो जाने को जी चाहता है,—गाँगुली बोलता जा रहा था; बनावट से नहीं, खुले दिल से, जो ओठों पर आता, बोलता जा रहा था। गाँगुली की पीठ की तरफ़, टेबुल पर दो युवक बैठे थे । किसी दफ्तर में काम करते होंगे । घर में विधवा माँ होगी, रिटायर्ड पिता होंगे, या बीमार पत्नी होगी, या कुँआरी बहन । या, घर में कोई नहीं होगा । या, घर ही नहीं होगा, किसी मेस में या होटल में रहते होंगे ।

वे दोनों ब्रेड और फ़िश-करी खा रहे थे। एक ने पूछा—-पानी में तैरती हुई मछलियाँ खूबसूरत होती हैं, या इस फ़िश-करी में डूबी हुई मछलियाँ ?

सामने की टेबुल पर बैठी हुई मछली से खूबसूरत कोई मछली नहीं होती है, न पानी में, और न प्लेट में !—दूसरे ने सोनाली को अपनी आँखों में पी जाने की कोशिश करते हुए कहा ।

गाँगुली ने सुना । सोनाली ने सुना । दोनों की आँखें मिलीं, और अचानक दोनों एक साथ खिलखिला उठे । हँसी की आवाज़ दूसरी टेबुल तक भी गई । दोनों युवक अप्रतिभ हो गये और तेज़ी से काँटे-छुरी चलाने लगे ।

फिर ?—गाँगुली ने पूछा ।

फिर क्या ? तेरह नम्बर बस पकड़ेंगे, और घर चले जाएँगे। बाबा के लौटने से पहले घर पहुँचना ही होगा। नौकरानी के हाथों की चाय उन्हें अच्छी नहीं लगती है। बस, तो ?—सोनाली सामने के युवकों का मछली खाना देखने लगी।

तेरह नम्बर बस नहीं जाती है। टैक्सी से जाना होगा। किन्तु, इतनी जल्दी जाकर क्या करेंगे ?—सोनाली के साथ बीतते हुए क्षण उसके लिए बहुत महत्वपूर्ण हैं।

बस तो तुमने ही बन्द करवाई है। ट्राम-डिपो तक ट्राम से या बस से चलो। वहाँ से पन्द्रह मिनट का रास्ता है, पैदल चले जाएँगे,—गाँगुली के साथ बीतते हुए क्षण उसके लिए बहुत महत्वपूर्ण हैं। वह हवा में ताज़गी पाती है। मौसम में नयापन पाती है। वाकई, बरसात आ चुकी है।

मगर, शहर की बरसात का क्या ! शहर में कोई नदी नहीं, जो किसी चंचल लड़की की तरह मचल उठे। शहर में धान और गेहूँ के खेत नहीं, जो अरसे बाद लौटे हुए प्रियतम के स्पर्श से विह्वल हो उठें। शहर में बरसात आती है, और चली जाती है। छाते और वाटरप्रूफ होते हैं, घरों की खिड़कियों के शीशे ऊपर चढ़ा लिये जाते हैं, आकाशवाणी से 'वर्षा-मंगल' गा लिया जाता है। बरसात बीत जाती है।

मगर, मछलीबगान शहर नहीं है, बंगाल के किसी भी गाँव की तरह एक मामूली-सा, छोटा-सा, खूबसूरत-सा गाँव है। ईंटों के मकान हैं, दो-चार घर दो-मंजिले भी हैं, इलेक्ट्रिक है, कई परिवारों में रेडियोसेट हैं, मगर, मछलीबगान शहर नहीं है। क्योंकि, जो लोग रहते हैं, उनमें शहर का बाज़ारूपन नहीं आया है। यों, बकौल गोपाल हालदार, बाज़ारूपन कलकत्ता शहर में भी नहीं है। कलकत्ता से उनका मतलब है, बड़ाबाज़ार और डल-हौजी के अतिरिक्त का कलकत्ता ! बड़ाबाज़ार कलकत्ता नहीं है। हो भी तो मानने को जी नहीं करता है। कलकत्ता बड़ाबाज़ार पर ही टिका हुआ

है, क्लाइव स्ट्रीट की छोटी-छोटी, दस-दस टेलीफोन-लाइन वाली गद्दियों पर ही टिका हुआ है, यह सच है। फिर भी, बड़ाबाज़ार कलकत्ता नहीं है।

तब, कलकत्ता कहाँ है? एक बार विमल ठाकुर सोनाली को एक चित्र-प्रदर्शनी दिखाने ले गये थे। आर्टिस्ट्री हाउस में बम्बई के किसी प्रसिद्ध चित्रकार की प्रदर्शनी—नाइट लाइफ़ इन कलकत्ता! कलकत्ते का रात्रि-जीवन! 'ग्रैन्ड' और 'फिर्पो', और 'मोकम्बो' और 'मैग्नोलिया', और 'एल मौरेको' और 'स्पेन्सेज़' जैसे होटलों का रात्रि-जीवन। ऊँची डायस पर खड़ी होकर, लो-कट वस्त्रों में अधनंगी दीखती हुई एंग्लोइंडियन और ब्रिटिश और अमरीकन लड़कियाँ प्रेम के मादक गीत गाती हैं। ताज़ा राक-एन-रोल की धुनों पर, ज़ीन्स पहने हुए, रम या सोलन ह्विस्की के सस्ते नशे में डूबे हुए, लड़के नाचते हैं। पार्क-स्ट्रीट के चौराहों की बगल में, थियेटर रोड के कोनों पर, नेशनल म्यूज़ियम के सामने, महात्मा गाँधी की विराट मूर्ति के नीचे हाथ रिक्शे वाले घंटी बजाते हैं, और बड़े अदब-क़ायदे से पूछते हैं—कुछ चाहिए हुज़ूर? फ्री स्कूल स्ट्रीट और रिपन स्ट्रीट और वेलेस्ली के आस-पास की गलियों के चौमंज़िले मकानों में देशों-विदेशों की लगातार औरतें हाथ बाँधे खड़ी रहती हैं, और बड़े अदब-क़ायदे से पूछती हैं—मैं पसन्द हूँ, सरकार? अपनी कार में भागते हुए, गई रात को दूर से देखा गया हबड़ा ब्रिज कितना महान दीखता है? और, विजेता आक्टरलोनी का कीर्ति-स्तम्भ अब भी कितना ऊँचा है? शाम में, अकेले या किसी के भी साथ विक्टोरिया मेमोरियल झील में पाँव लटकाकर बैठना कितना मीठा लगता है? और, बालीगंज लेक? और लिलि गार्डेन्स?

मगर, ठाकुर ने चित्र-प्रदर्शनी देखकर, बहुत निराश होते हुए कहा था—यह कलकत्ते का रात्रि-जीवन नहीं है। यह कलकत्ता नहीं है। तब, कलकत्ता कहाँ है? सोनाली ऐसी ही बातें सोचती रहती है। और किसी काम के लिए न हो, उसे सोचने के लिए बड़ी फ़ुरसत रहती है। वह सोचती है, और उदास होती है। सोचती है, और खो जाती है। वह सोचती है, और उसे याद नहीं रहता कि वह क्या सोचने लगी थी।

क्या सोचने लगी हो ?—गाँगुली उसकी लम्बी चुप्पी से घबड़ा गया है। सोनाली संक्षिप्त उत्तर देती है—सोचती हूँ, कलकत्ता कहाँ है ?

क्या मतलब ?—वह समझ नहीं पाता, कि सोनाली का मतलब क्या है। वह समझ नहीं पाती कि गाँगुली इतनी सीधी बात क्यों नहीं समझ रहा है ? —मतलब यही कि कलकत्ता कहाँ है ? डलहौजी स्क्वाएर की ऊँची बिल्डिगों में, या बेहाला के रिफ्यूज़ी कैम्प में ?

समझता हूँ। तुम मेरी बात पर नहीं आकर बातों को उलझाना चाहती हो। समझता हूँ, हर औरत, हर खूबसूरत औरत बातों को उलझाना चाहती है। तुम भी उलझा रही हो। मगर, क्यों उलझा रही हो, समझ नहीं पाता हूँ, —गाँगुली फिर अपनी बात पर लौट आना चाहता है।

तुम्हें नहीं समझ पाता हूँ। तुम्हारी कोई भी बात नहीं समझ पाता हूँ। तुम इतनी सुन्दरी हो, इतनी समझदार हो, मगर,···मगर, फिर भी विमल ठाकुर···—वह अपनी बात पूरी नहीं कर पाता है, तभी सोनाली झपट पड़ती है—मैं सुन्दर हूँ, और चालाक हूँ, फिर भी प्राण बचाने वाले के साथ, सहारा देने वाले के साथ, मान-मर्य्यादा देने वाले के साथ क्यों रहती हूँ— क्या यही तुम्हारी समझ में नहीं आता है ?

गाँगुली बर्फ बनकर पिघल गया। या, बर्फ की तरह सर्दी से जम गया। पिघली हुई बर्फ की जलधारा, या जमी हुई बर्फ की चट्टान क्या उत्तर दे सकती थी ?

रनजीत

मैं तुम्हें वापस ले जाने आया हूँ, पूरबी ! सीता अब तक नहीं लौटी है, तो नहीं लौटे। किसी मारवाड़ी लड़के के साथ रात काटने गई है, तो चली जाए। सीता अभी युवती है। लोग उसे सहार देना चाहेंगे, प्यार करना चाहेंगे, समाज में उसके लिए अच्छी और ऊँची जगह बनाना चाहेंगे। जैसा कभी मैंने और करनानी ने और कितने ही लोगों ने तुम्हारे लिए बनाना चाहा था ! इसीलिए, सीता को रहने दो। कहीं भी जाए। कहीं भी आए। मगर, तुम चलो, पूरबी !

तुम अब युवती नहीं हो। तुम्हें अब कोई सहारा नहीं देना चाहेगा। तुम किसी का सहारा लेना चाहोगी भी नहीं—शायद, अपनी सीता का भी नहीं ! तब, तुम करोगी क्या ? भेड़ियों और जंगली कुत्तों और गीधों के इस बाज़ार में तुम क्या करोगी ?

तुम इतनी बच्ची नहीं हो कि मैं तुम्हें इस दुनिया के लोगों के बारे में

समझाऊँ ! तुम इतनी बूढ़ी हो नहीं कि मैं तुम्हें धर्म और पुण्य और स्वर्ग और ईश्वर का आकर्षण दूँ ?

मैं सिर्फ तुम्हें शान्ति का आश्वासन दे सकता हूँ। पूरबी, हम ऐसे वक्त में जी रहे हैं, जहाँ रोटी से भी बड़ा सवाल शान्ति का है। सवाल ऐसी छत का है, जिसके नीचे सोकर हमें नीन्द आ सके। मैं और कुछ न दूँ, यह छत तुम्हें दूँगा। तुम चलोगी।

मैं तुम्हारी आदतें जानता हूँ। जानता हूँ, तुम्हें अफ़ीम की गोलियाँ चाहिए। जानता हूँ, अफ़ीम के बिना तुम बात नहीं कर सकती हो, चल-फिर नहीं सकती हो, सो नहीं सकती हो। मैं तुम्हें अफ़ीम ला दिया करूँगा। हम सभी अफ़ीम के मरीज़ हैं। क्योंकि, अफ़ीम सिर्फ वही नहीं रह गया है, जो तुम चोरबाज़ार से खरीद कर खाती हो। अपने को दबाने के लिए, अपने को बेचने के लिए, अपने को मारने के लिए तरह-तरह के अफ़ीम हैं। छींट की छपी फ्राकों के नीचे सिकुड़ी हुई पिंडलियाँ छिपाने की नाकामयाब कोशिश करने वाली लड़कियाँ अफ़ीम हैं। तुम्हारी सीता अफ़ीम है। साहित्य, और कला, और संगीत, और नृत्य, और संस्कृति की बारीकियों और खूबियों से भरी किताबें और कृतियाँ, कविताएँ और मूर्तियाँ, नाच और थियेटर, गाने और तराने अफ़ीम हैं। बड़े-बड़े पुस्तकालय, और म्यूज़ियम, और घास के लम्बे मैदान, और पार्क, और विश्वविद्यालय, और शेयर मार्केट, और सरकारी दफ्तर, सारे के सारे अफ़ीम हैं। तुम और मैं और हम सभी अफ़ीम के नशे में बेहोश हैं। हमें पता नहीं चल रहा है कि वक्त हमें किन चक्कियों में पीस रहा है। हमें पता नहीं चल रहा है, और हम अपना खून उगल रहे हो, और अपने इर्द-गिर्द के लोगों का खून पी रहे हैं।

तुम चलो पूरबी, तुम मेरे साथ चलो, मैं अपनी और तुम्हारी बेहोशी तोड़ना चाहता हूँ। चलो, हम लोग यह शहर छोड़कर चले जाएँगे, अपने गाँव लौट जाएँगे। हो सकता है, वहाँ अब भी हमारा घर हो। हो सकता है, अब भी हम एक नई ज़िन्दगी शुरू कर सकें—जहाँ प्यार के सिवा, कोई दूसरा

नशा नहीं हो !

रनजीत बाबू की आँखों से पानी की चन्द बूँदें छलछला आईं। पूरबी कितनी बूढ़ी और कितनी बदसूरत हो गई है। चेहरा जैसे किसी कच्चे पेंटर ने मोटे पीले रंग से पोत दिया है। और, पूरबी की आँखें ? किसी लाश की आँखें निकालकर फिट कर दी गई हैं।

मगर, लाश की आँखों में छन भर के लिए बिजली की रेखा चमक गयी। कुर्सी से उठती हुई बोली—जानती हूँ, तुम क्यों आये हो। मगर रनजीत, यह देह लेकर अब तुम्हारे पास वापस नहीं लौटूँगी। सिर्फ ऊपर का चमड़ा ही बच गया है, भीतर एकदम खोखला है। कितने दिन और बचूँगी ···खैर, तुम्हारे लिए चाय मँगवाऊँ। और कुछ न सही, एक कप चाय पीकर ही जाओ।

विमल ठाकुर ठीक नौ बजे घर वापस आ गये। नमिता बोली—सोनी अब तक नहीं लौटी है। शायद, मीनाक्षी भाभी के यहाँ होगी। आप खाना खा लीजिए।

खाना खाकर ठाकुर बिस्तरे में आ गये। किर्केगार्ड का जार्नल पढ़ने लगे। तबीयत जमी नहीं। सोनाली अभी तक नहीं आयी है। जयसिंह की पत्नी को लेकर इतनी व्यस्त क्यों रहती है ? मैं स्वयं क्यों सोनाली को लेकर व्यस्त रहता हूँ ?

•
•
•

विमल ठाकुर को नीन्द नहीं आएगी। इन दिनों अक्सर नीन्द नहीं आती है। आती है याद—सोनाली की, और अपनी मृत्यु की! मैं मर जाऊँगा···मैं ज़िन्दा नहीं रह सकूँगा···! और वे सो नहीं पाते हैं। करोना सिगार पीते रहते हैं, और बिस्तरे में जगे पड़े रहते हैं।

वैसे उन्हें कोई बीमारी नहीं है। अगर स्वास्थ्य का ध्यान रक्खें (जैसा कि वे रखते ही हैं) तो अभी मौत की कोई उम्मीद नहीं है! मगर, वे सोनाली की याद करते हैं, और अपनी मौत से डरते हैं। किसी दिन सोनाली कहीं चली जाएगी, और किसी दिन मौत कहीं से आ जाएगी—यही उनके जीवन का एकमात्र भय है। यही उनको नीन्द नहीं आने का एकमात्र कारण है!

ठाकुर के पिता आसाम के जंगली इलाकों में लकड़ियों का और हाथियों का व्यवसाय करते थे। आदिवासी जातियों में बहुत आदर था उनका। ठाकुर की माँ नहीं थीं। ठकुर बहुत छोटे थे, तभी एक जंगली हाथी ने उन्हें कुचल दिया था। पिता थे, और जंगली हाथी की तरह थे। मगर, ठाकुर को पढ़ने-लिखने के लिए कलकत्ते भेजा गया···सीनियर कैम्ब्रिज, अँग्रेजी में बी०ए० आनर्स, एम०ए०···

और वे जंगली हाथी नहीं बन सके। विवाह भी नहीं किया। नौकरी भी नहीं की। किसी सुन्दरी महिला से प्रेमालाप भी नहीं। बराबर एक प्रकार

की हीनता से ग्रसित रहे। देखने में सुन्दर नहीं थे, मगर, शारीरिक व्यक्तित्व बुरा नहीं था। शरीर का रंग काला था। मगर, लम्बे थे, आँखों में ज्ञान और प्रतिभा का तेज था, अपनी वाक्-शक्ति से किसी को भी प्रभावित कर सकते थे। इन बातों के बाद भी हीनता थी। समाज से नहीं सही, व्यक्ति से उन्हें भय लगता था।

मगर, यह आरम्भ के दिनों की बात है। यह भय आत्मा में समा गया है। और अब प्रकट हो रहा है मृत्यु-भय के रूप में, सोनाली के पलायन-भय के रूप में। विमल ठाकुर को भय होता है कि सोनाली किसी और मर्द के बिस्तरे में, और कमरे में और ज़िन्दगी में होगी। विमल ठाकुर को भय होता है कि और सारे लोग होंगे, इसी संसार में होंगे, इसी शहर में होंगे, एक वे नहीं होंगे। वे नहीं देख सकेंगे, कि चन्द्रमा और मंगल ग्रहों पर आदमी किस तरह रहता है। वे नहीं देख सकेंगे कि किसी विराट बम के गिरने से एक क्षण में ही समूची पृथ्वी किस तरह अग्निपिंड बन जाती है। वे नहीं रहेंगे।

मौत के बाद क्या होता है? आदमी मरकर कहाँ जाता है? वह आदमी, जो किसी लम्बी और घुला-घुलाकर मारने वाली बीमारी में ग्रस्त होकर बिना उचित इलाज और बिना उचित दवा के मर जाता है। वह आदमी, जो तेज़ चलती हुई ट्रेन या मोटर से गिरकर मर जाता है। वह आदमी, जो जोश में आकर किसी जुलूस में शामिल होता है, और पुलिस की गोली का शिकार बनकर मर जाता है। वह आदमी, जो अपनी बीवी की ख्वाहिशों या अपने बच्चों के रोने से तंग आकर किसी ऊँची बिल्डिंग की छत से कूद पड़ता है, और मर जाता है। वह आदमी, जो अपने देश की रक्षा के लिए या किसी दूसरे देश पर विजय के लिए फौज में भरती होता है, और मर जाता है। ये तरह-तरह के आदमी मरते हैं तो कहाँ जाते हैं?

एक ही जगह जाते हैं? या, कहीं नहीं जाते, मर जाते हैं, और उनका अन्त हो जाता है। ईसा से तीन सौ निन्यानबे वर्ष पहले अवाम को भड़काने के

जुर्म में सुकरात को गिरफ्तार किया गया था । एथेन्स के न्यायाधीशों ने उसे प्राणदण्ड दिया, तो उसने अपनी मौत से पहले मौत के बारे में कहा था—

मौत का मतलब दो ही बातें हो सकती हैं। या तो हमारी हस्ती ख़त्म हो जाती है। नहीं रहती है रूह, मिट्टी रहती है, मिट्टी में मिल जाती है। या फिर सिर्फ रूह मिट्टी से निकलकर किसी दूसरी जगह चली जाती है ।

अगर, मौत का मानी है, हस्ती का ख़त्म हो जाना, तो मौत से मीठी चीज़ और क्या होगी ? हम ऐसी नीन्द की घाटियों में खो जाएँगे, जहाँ से कभी लौटना नहीं होगा। जहाँ भयावने सपने नहीं आएँगे, रह-रहकर नीन्द टूट नहीं जाएगी।

और, अगर, मौत का मानी है, इस दुनिया से उस दुनिया में चले जाना, तो मुझे सौ बार वही दुनिया मंजूर है। क्योंकि उस दुनिया में ऐसे लोग नहीं होंगे, जो मुझे ज़हर पीने को मजबूर करेंगे।

मगर, सुकरात की बातों से विमल ठाकुर को चैन नहीं मिलता है, शान्ति नहीं मिलती है। बिस्तरे में लेटे रहते हैं, सिगार पर सिगार पीते रहते हैं, और नीन्द नहीं आती है। नीन्द नहीं आती है, और सोनाली अब तक नहीं लौटी है। कितने बजे होंगे ? गली के कुत्ते इतने ज़ोरों से क्यों भूँक रहे हैं ? पंखे की हवा इतनी गर्म क्यों है ? स्टेट ट्रान्सपोर्ट वाले तेरह नम्बर की बस डिपो तक क्यों नहीं लाते हैं ? नमिता मछली में नमक डालना क्यों भूल गई थी ? रनजीत से मुलाक़ात हुए सात-आठ दिन हो गए। कहाँ व्यस्त है वह ? और मिसेज राय चौधुरी ?

नीन्द नहीं आती है। सोनाली नहीं आती है। नीन्द नहीं आती है। सोनाली नहीं आती है। नीन्द नहीं। सोनाली नहीं।

नीन्द नहीं आने का कारण सोनाली ज़रूर हो सकती है। कारण सोनाली

नहीं हो तो नीन्द आ जाएगी, और शायद, नीन्द के बाद ठाकुर दुनिया में वापस नहीं आ सकेंगे। कोई अदृश्य राक्षस आएगा, और उनका गला दबा देगा। कोई पागल सपना आएगा, और उनकी साँसें रुक जाएँगी। सोनाली नीन्द नहीं आने का कारण है। सोनाली मौत नहीं आने का कारण है। सोनाली जगे रहने का कारण है। सोनाली ज़िन्दगी का कारण है।

लेकिन, क्या वह नीन्द आने का कारण नहीं बन सकती है ?

लगभग दो साल पहले, अचानक एक दिन उन्हें महसूस हुआ कि वे खुद मर चुके हैं, और चतुर्दिक से जलते हुए किसी जंगल में अकेला एक हिरन छटपटा रहा है। जंगल की वह आग सोनाली थी। उन्हें विश्वास हुआ, या विश्वास करने की इच्छा हुई कि यह आग जंगल को जलाकर हिरन के लिए खुशनुमा बाग़ बना सकती है।

बेहाला रिफ्यूज़ी कैम्प में अपनी बड़ी बहन शेफाली और छोटे भाई सुभाष के साथ रहती थी सोनाली। सुभाष चौराहे पर रेस्तराँ में काम करता था। दस रुपया प्रति मास वेतन, और दोनों वक्त नाश्ता। चालाक लड़का था, चोरी-चोरी खाना भी वहीं खा लेता था। शेफाली शाम को न्यू मार्केट के पास किसी गली में जाती थी। ठीक पाँच बजे एक टैक्सी चौराहे पर रुकती थी। शेफाली और कैम्प की चार-पाँच और लड़कियाँ पहले से तैयार रहती थीं। फिर, ग्यारह बजे टैक्सी में या ट्राम में बैठकर सारी लड़कियाँ वापस आ जाती थीं।

कैम्प के सभी लोग जानते थे, ये लड़कियाँ कहाँ जाती हैं। आठ-दस साल का सुभाष भी जानता था। यह भी जानता था कि दिन-दोपहर को भी ये लड़कियाँ कैम्प की प्रसिद्ध महिला श्यामा मासी के घर में जाती हैं। श्यामा मासी का घर ही कैम्प में सबसे अच्छा घर है। बाँस के फ्रेम पर मिट्टी चढ़ाकर दो कमरे बनाये गये हैं। ऊपर टाइल हैं। मासी ने मुर्गियाँ पाल रखी हैं। माँगने पर शराब, गाँजा, चरस, किसी भी नशे की व्यवस्था कर देती हैं।

मगर, बहुत दिनों तक सोनाली नहीं जानती थी। शेफाली कहती—शंकर बाबू म्यूजिक टीचर के यहाँ रवीन्द्र-संगीत और मनीपुरी नाच सीखने जाती हूँ। सीख जाऊँगी, तो रेडियो में, ग्रामोफोन कम्पनी में, फिल्म स्टूडियो में काम मिलने लगेगा। शंकर बाबू दिलवा देंगे। किसी दिन मैं भी सुचित्रा सेन या संध्या मुखर्जी बन सकती हूँ, सोनी !

और सोनाली विश्वास कर लेती थी। मगर, जब कभी-कभी शेफाली एक साथ बीस या पचीस रुपये लेकर वापस लौटी तो उसे शक होने लगता था। दीदी कहाँ से रुपये लाती है ? मनु भाभी एक दिन कह रही थी कि कलकत्ते की लड़कियाँ भी चोरी-पाकेटमारी करती हैं। कहीं दीदी भी···? मनु भाभी एक दिन कह रही थी कि कलकत्ते में लड़कियाँ बिना शादी किये ही दूसरों के साथ सो रहती हैं। कहीं दीदी भी···?

नहीं, नहीं, दीदी नहीं। शेफाली दीदी नहीं। दीदी बहुत अच्छी है, बहुत प्यारी है, बहुत-बहुत नेक है। और, जब एक दिन शेफाली ने रोते-रोते उसे कहा कि वह बीमार हो गई है, और अब उसे टैक्सी वाला नहीं ले जाता है, और अब वह किसी दिन मर जाएगी। तो, सोनाली दरवाज़े की आड़ में मुँह छिपाकर रोने लगी। सुभाष घर में नहीं था। शेफाली फर्श पर पड़ी दर्द से चीख रही थी और सोनाली दरवाज़े में मुँह छिपाये दर्द से चीख रही थी। दस ही मिनट बाद, डालडा के एक खाली डिब्बे में रक्खे, एक छोटे डिब्बे को खोलती हुई सोनाली बोली—दीदी, तुम्हारे दिये पैसों में से मैंने इतने पैसे चुरा-चुराकर जमा किये हैं। तुम डाक्टर के पास जाओ। तुम्हारी बीमारी अच्छी हो जाएगी।

हफ्ते भर सोनाली अपनी दीदी को डाक्टर के पास ले जाती रही। दीदी ठीक हो गई। बीमारी के वक्त और बीमारी ठीक होने के बाद भी एक युवक शेफाली से मिलने आता रहा। साँवला-सा, दुबला-पतला लड़का, उम्र यही चौबीस-पच्चीस होगी।

शेफाली न्यू मार्केट में जाती थी, जयन्त वहाँ भी आता था। रोज़ नहीं, हफ्ते-

दो हफ्ते में एक बार।

शेफाली उमादास लेन खड़ी होती थी। तंग दरवाज़े वाले एक कमरे के सामने। जयन्त दरबान से दो रुपये में 'टोकेन' खरीदता था। ठीक वैसा ही 'टोकेन' जैसा बैंकों में चेक भुनाते वक्त देते हैं। रुपये के आकार का पीतल का, गोल टुकड़ा।

पहले गया हुआ आदमी बाहर चला आता, तब जयन्त शेफ़ाली के पास जाता था। अक्सर दस बजे रात के बाद जाता था, ताकि भीड़ कम हो, और बातें करने का मौक़ा मिल सके। भीड़ ज्यादा होती थी, तो बाहर से दरबान चीखता था—क्यों भाई, नीन्द आ गई क्या?

जयन्त दो आने की चाय और दो कैंची सिगरेट मँगवाता था। चाय और सिगरेट पीते हुए दोनों बातें करते थे।

दुबले हो गये हो! खाने-पीने का ठीक इन्तज़ाम नहीं है क्या? फैक्टरी में बहुत मिहनत पड़ती है? मुझसे भी ज्यादा?···शेफाली पूछती थी, और हँसती थी।

होटल में खाता हूँ। दो आना प्लेट भात, और तीन आना प्लेट मछली। चार आने का भात लेता हूँ, तीन आने की मछली। एक रुपया खाने में खर्च करता हूँ, आठ आने चाय-सिगरेट में। फैक्टरी में दो रुपये पाँच आने रोज़ के हिसाब से पैसे मिलते हैं। बाकी पैसा कमरे के किराये में और ट्राम-बस में खर्च हो जाता है।—जयन्त कहता था, और शरमाता था।

फिर मेरे पास कैसे आते हो? दरबान थोड़े ही तुम्हारा रिश्तेदार है, जो मुफ्त में 'टोकेन' दे देगा?—शेफाली चाय के प्याले सरकाकर, उसके पास खिसक आती थी।

कभी-कभी ओवर-टाइम करना पड़ता है। उसके पैसे तुम्हारे लिए बचा

रखता हूँ। नहीं आये बिना जी नहीं मानता! और किसी के पास नहीं जाता हूँ, तुम्हारे पास ही आता हूँ। पहले एक-दो जगह और भी गया था। एक बार यों ही तुम्हारे पास चला आया। तब से दूसरी जगह जाने की तबीयत नहीं होती है!—जयन्त शेफाली की बाँहें अपनी तरफ़ खींचता था। वह आ जाती थी।

ज्यादातर जयन्त और शेफाली सोते नहीं थे, बातें करते रहते थे। आधा घंटा पूरा होने से पहले ही वह उठ जाता था। ग्यारह बजे तक हरिसन रोड पहुँचना आवश्यक है, नहीं तो कमरे के और किरायेदार दरवाज़ा अन्दर से बन्द करके सो जाएँगे।

जयन्त ने इन्टर पास किया है। साइन्स लिया था कि इंजीनियर बनेगा। मगर, बी० एस-सी० भी नहीं पढ़ सका। अब चीनी मिट्टी के प्याले और तश्तरियाँ बनाने वाली एक फैक्टरी में ट्रेन्ड मज़दूर है। साथ ही, स्टेनोग्राफी का कोर्स पूरा कर रहा है। थोड़े ही दिनों में टाइपराइटिंग और शार्टहैन्ड की स्पीड अच्छी हो जाएगी। तब, किसी बड़ी फर्म में नौकरी तलाश करेगा। फिर, प्राइवेट से बी० ए० करेगा, फिर एम० ए०। फिर ज़िन्दगी एक नये और अच्छे रास्ते पर चलने लगेगी। किन्तु शेफाली?

शेफाली सच्ची और ईमानदार लड़की थी। देह बेचती थी, और दोनों सुबह-शाम स्नान करती थी। रविवार को कालीघाट जाकर भगवती के पाँव पर दुअन्नी-चवन्नी भी डाल आती थी। बहुत कोशिश की थी कि सुभाष चायखाने में नौकरी नहीं करे, स्कूल में पढ़े-लिखे; फ़ीस का इन्तज़ाम वह कर लेगी, कपड़ों का, किताबों का इन्तज़ाम भी कर लेगी। मगर, सुभाष बीड़ी पीता था, और चाय के प्याले धोता था, और दस आने वाली सीट पर बैठकर जब-तब सिनेमा देख आता था। सोनाली भी बड़ी होने लगी थी। टैक्सी में साथ जाने वाली लड़कियाँ कहती थीं—सोनी को भी क्यों नहीं ले चलती हो? इसको तो वे लोग पाँच रुपये वाले कमरे में बैठाएँगे।

मगर, एक बार यह प्रस्ताव रखकर, दुबारा रखने की हिम्मत किसी लड़की को नहीं होती थी। शेफाली जवाब देती—तू अपनी बुढ़िया माँ को क्यों नहीं ले जाती है? उसको भी तो वे लोग आठ आने वाले कमरे में बैठा ही लेंगे। तू चार-पाँच रुपया रोज़ लेकर घर लौटती है। माँ रहेगी, तो एक आध रुपया एक्स्ट्रा हो जायगा। क्या बुरा है?

सोनाली बड़ी होने लगी थी, और मुहल्ले के लोग शेफाली के परिवार पर अधिक दया दिखाने लगे थे। लालाजी ने उधार चावल या मिट्टी का तेल या साबुन देना बन्द कर दिया था। गई रात में खपड़ैल घर की छत पर मुहल्ले के आवारा छोकरे पत्थर बरसाने लगते थे। एक रात सोनाली कारपोरेशन के बाथरूम से वापस आ रही थी, तो पुनर्वास विभाग के एक कर्मचारी ने उसे अपनी बाँहों में लपेट लिया और कुत्ते की तरह उसका मुँह चाटने लगा। सोनाली बाँहें छुड़ाकर भाग आई। शेफाली से बोली भी नहीं। क्या बोलती! उसकी उम्र की दूसरी लड़कियाँ तो पुनर्वास विभाग वालों की गोद में बैठकर एक गज़ छींट के लिए, एक शो सिनेमा के लिए, मुट्ठी भर लाइमजूस के लिए मचलती रहती हैं।

सोनाली ने दीदी से कहा—तुम अभी-अभी बीमारी से उठी हो। टैक्सी पर नहीं जाओगी। जाना होगा, तो मैं जाऊँगी। तुम नहीं जाओगी···तुम नहीं जाओगी।

शेफाली चौंक उठी। बोली—तुम्हें जाने नहीं दूँगी। मैं ही जाऊँगी। मेरा क्या है,···कोई अच्छा लड़का देखकर तुम्हारी शादी कर दूँगी, और मर जाऊँगी। पर तू ये सब बातें नहीं सोचा कर! सोचने के लिए, करने के लिए, मैं हूँ!

तुम नहीं जाओगी। अगर गई, तो मैं भी जाऊँगी। टैक्सी से नहीं ले जाओगी तो पैदल चली जाऊँगी। प्रतिमा चौरंगी में घूमने जाती है। कई बार मुझे भी चलने को कह चुकी है। चली जाऊँगी। दीदी, तू जाएगी तो मैं भी

जाऊँगी।—शेफाली जानती है, सोनाली ने ज़िद पकड़ ली है, तो उसे समझाना असंभव है।

उस शाम को टैक्सी आई। ललिता, माधवी, कावेरी, निर्मला, कमला, लीला, सभी गईं, शेफाली नहीं गई। सोनाली ने जाने नहीं दिया। हफ्ता भर बीत गया। शेफाली नहीं गई।

बीमारी में बीस-पच्चीस रुपये खर्च हो गए थे। दो-चार रुपये क़र्ज़ भी हो गये थे। अब कैसे चलेगा? सुभाष के दस रुपयों से तो दस दिन भी नहीं चल सकता है।

जयन्त आया। सारी बातें सुनकर बहुत देर तक चुप रहा। फिर बहुत सादा और मजबूत आवाज़ में बोला—-शेफाली, मुझसे शादी कर लो!

सुनकर शेफाली रोने लगी। खुशी से, या चिन्ता से, या दुःख से, या विह्वलता से, या प्यार से, शेफाली रोने लगी।

और, सोनी और सुभाष?—शेफाली की भारी पलकों में डूबी हुई आँखों ने पूछा।

क्यों? हमलोग साथ रहेंगे। जब तक दूसरा घर नहीं मिलता है, मैं यहीं चला आऊँगा। मैं सुभाष को पढ़ाऊँगा। बहुत प्यारा लड़का है। मैं सोनी को भी पढ़ाऊँगा। नहीं पढ़ेगी तो कोई दूसरा काम सीखेगी। क्यों सोनी? —जयन्त की आँखों में चंचलता नहीं थी, विश्वास था, दृढ़ता थी।

सोनाली रो नहीं रही थी। खुश थी। बोली—दीदी, शादी कर लो। जयन्त भाई बहुत अच्छे आदमी हैं।

···जयन्त भाई बहुत दिनों तक बहुत अच्छे आदमी नहीं रहे। उस दिन तक

बहुत अच्छे आदमी नहीं रहे, जब सोनाली डरी हुई बिल्ली की तरह मेरी बग़ल में सटकर खड़ी हो गई थी, और बोली थी, कि बाबा, मैं यहाँ मर जाऊँगी। मुझे यहाँ से ले चलो।—विमल ठाकुर सोच रहे थे। और उन्हें नीन्द नहीं आ रही थी।

मैं भी क्या जयन्त की ही तरह, बहुत अच्छा आदमी नहीं हूँ? मैं भी क्या जयन्त हूँ? जयन्त से बहुत वृद्ध और जयन्त से बहुत समझदार और जयन्त से बहुत अधिक अनुभवी, फिर भी जयन्त जैसा ही हूँ?

आदमी अगर आदमी है, तो वह बहुत अच्छा नहीं हो सकता है। आदमी, आधा आदमी है और आधा जानवर है। नहीं, जानवर अधिक है, और आदमी कम है। आदमी जानवर है। और जानवर अच्छा नहीं हो सकता है। हो भी क्यों? क्या फ़ायदा?···सोनाली, अब तुम आ जाओ!···ठाकुर ने सामने खुले हुए दरवाज़े को कहा, और सिगार का टुकड़ा टेबुल पर रक्खे ऐश-ट्रे में फेंक दिया।

मैं तो घंटा भर पहले ही आ चुकी हूँ, बाबा!—अपने कमरे में मसहरी में सोयी हुई सोनाली ने उत्तर दिया।

एक कप कॉफ़ी बना सकोगी, सोनी? मुझे नीन्द नहीं आ रही है। कॉफ़ी पीकर कुछ लिखना चाहता हूँ,···विमल ठाकुर का समूचा शरीर पसीने से भीग रहा था। वे पंखा खोलना भूल गए थे।

अब सुबह होने में कितनी देर है? शायद, सुबह नहीं होगी। शायद, सुबह हो चुकी है।

•
•
•

सोमेश गाँगुली। गाँगुली लड़का नहीं है, जंगल की आग है। ठाकुर उसके बारे में कहते हैं—'ही इज़ ए वाइल्ड फायर'!

आइ० एस-सी० में फर्स्ट आया। फिर, सरकारी टेक्निकल कालेज में पढ़ने लगा। कोर्स पूरा नहीं किया, एक जूट मिल में एप्रेन्टिस हो गया। उसे भी छोड़कर रासबिहारी एवेन्यू में रेस्टराँ खोल बैठा। रेस्टराँ का नाम रक्खा था—सोनाली रेस्टराँ (हालाँकि, तब उसका सोनाली से परिचय नहीं था, सोनाली मछलीबगान में रहने आयी ही नहीं थी।) बहुत उधार देने के कारण रेस्टराँ बन्द हो गया। फिर, एक बंगाली फिल्म में बूट-पॉलिश वाले छोकड़ों के सरदार का पार्ट भी किया। अब कुछ नहीं करता है।

चाय पीता है, सिगरेट पीता है, ब्लैक टिकटों के लिए सिनेमा-हाउसों के सामने मार-पीट करता है, जब-तब माँ और बहनों से झगड़ा करके पैसे वसूलता है, और कुछ नहीं करता। एक क्लब कायम कर रक्खा है—विचित्रा! क्लब के सदस्य मछलीबगान और चण्डी घोष रोड और मूर एवेन्यू के अधिकांश युवक हैं। अधिकांश बेकार और बेमतलब युवक। क्लब का अपना मकान तो नहीं है, तेरह नम्बर बस-डिपो के पास किराये के दो कमरे हैं। एक कमरे में पुस्तकालय है। दूसरे में क्लब का दफ्तर। चन्दे के पैसों से क्लब की ओर से दुर्गापूजा और सरस्वतीपूजा होती है। मछली-बगान हायर सेकेंडरी स्कूल के मैदान में शामियाना गाड़कर क्लब के सदस्य

अक्सर नाटक करते हैं, संगीत-सम्मेलन करते हैं, शारदीय उत्सव, वसन्त-उत्सव करते हैं।

सोमेश गाँगुली क्लब का और इन सारे उत्सवों का प्राण है। मछलीबगान और बस-डिपो के बीच का पुल टूट गया था। पुल की मरम्मत कारपोरेशन करेगा, या यूनियन बोर्ड, इस बात का काग़ज़ी झगड़ा शुरू हुआ ! बस-डिपो कारपोरेशन में है। मछलबगान शहर की सरहद से बाहर है, उसका अपना यूनियन बोर्ड है। लोगों ने कारपोरेशन और यूनियन के दफ्तर में पूछताछ की, तो पता चला, मरम्मत शुरू होने में महीना भर तो लग ही जाएगा। कारपोरेशन की मीटिंग होगी, बजट पास होगा, टेन्डर मँगाये जाएँगे, इंजीनियर के यहाँ से टेन्डर मंजूर होगा, ठीके के काग़ज़ात पर दस्तख़त होंगे, तब काम शुरू होगा।

ज्वार के वक्त लोगों को बहुत तकलीफ़ नहीं होती थी, दो आने देकर नाव से पार हों जाते थे। मगर, नदी के घुटने भर पानी में और कीचड़ में धँसकर पार होना दफ्तर जाने-आने वाले लोगों के लिए कष्टकर था।

सोमेश ने विचित्रा क्लब की अर्जेन्ट मीटिंग बुलाई। पहले मेम्बरों को चाय पिलाई गई। फिर, क्लब की दो-एक लड़कियों ने रवि ठाकुर का वह प्रसिद्ध गीत गाया—

जदि तोमार डाक शुने
केउ ना आशे,
तबे ऐकला चलो, ऐकला चलो रे !

फिर, सोमेश ने कहा—ब्रिज के टूटने से इलाके भर को तकलीफ़ हो रही है। परसों निताई बाबू का छोटा बच्चा आदिगंगा में डूबते-डूबते बचा। कल नीलिमा दीदी को अस्पताल नहीं ले जा सके, घाट पर कोई नाव नहीं थी। विवेकानन्द बाबू का मकान बनना बन्द हो गया है; सिमेन्ट, चूना, बालू

उस पार से इस पार ला नहीं पाते हैं। अतएव, हमलोग ब्रिज मरम्मत करेंगे। हममें से सात-आठ लड़के टेक्निकल कालेज के पढ़े हुए हैं। बाकी लड़के लकड़ी, पत्थर, ईंटें जमा करेंगे। कल सुबह छः बजे से काम शुरू हो जाएगा।

क्लब के सदस्यों ने तालियाँ बजाईं। शनिवार की सुबह को सोमेश और उसके दोस्तों ने काम शुरू किया। मछलीबगान की उस तरफ़, आदिकाली के मन्दिर के इर्द-गिर्द शीशम और ताड़-खजूर का भारी जंगल है। वहाँ से लकड़ियाँ रात ही काटकर जमा कर ली गई थीं। क्लब के चन्दे के पैसों से सिमेन्ट ख़रीदा गया। सभी लड़के दिन-रात काम करते रहे।

सोमवार को दस बजे के पहले ही पुल तैयार हो गया। पहले से भी सुन्दर और, पहले से भी मज़बूत। पुल के किनारे काठ की एक तख्ती लगा दी गई —मछलीबगान ब्रिज, विचित्रा क्लब द्वारा पुनर्निर्मित।

सोमेश गाँगुली 'इज़ ए वाइल्ड फायर'! विमल ठाकुर की यह बात एकदम सही है। मगर, उस दिन, यह 'फायर' बहुत ठंडा था। क्लब के सामने घास पर दरी बिछाकर आठ-दस व्यक्ति बैठे थे। सोमेश कुछ दूर घास पर बैठा हुआ जयसिंह के साथ शतरंज खेल रहा था। जयसिंह के पास थे दो फ़ील और तीन प्यादे। दो प्यादे और एक फ़ील और एक घोड़ा और वज़ीर गाँगुली के पास। यह तय था कि गाँगुली जीत जाएगा। मगर, वह चुप था, उदास था। चाल उसी की थी, मगर वह वज़ीर की शक्ल देख रहा था, और चुप था।

क्यों सोमेश, चलते क्यों नहीं? क्या हुआ है?—जयसिंह ने पूछा। उत्तर में गाँगुली ने अपना वज़ीर ग़लत जगह पर रख दिया। जयसिंह के फ़ील से गाँगुली का वज़ीर पिट गया। तब, ख़ाली बस डिपो की तरफ़ देखते हुए उसने कहा—सिंह भाई, समझ में नहीं आता है, क्या किया जाए!

क्या समझ नहीं पा रहे हो ?

समझ नहीं रहा हूँ, तेरह नम्बर की बस यहाँ तक क्यों नहीं आती है।

इसमें समझना क्या है ? तुम लोगों ने डिपो जला दिया, बसों में आग लगा दी। अब सरकार इसका बदला ले रही है। यहाँ से पैदल ट्राम-डिपो तक जाओ, या रिक्शे पर अठन्नी ख़र्च करके जाओ। वहाँ से तेरह नम्बर पकड़ो, या ट्राम ! इसमें समझना क्या है ? तुम लोगों ने सरकार का नुक़सान किया। सरकार तुम्हारा नुक़सान कर रही है !

मेरा नुक़सान नहीं कर रही है। मछलीबगान के ग़रीब निवासियों का नुक़-सान कर रही है। कितने आदमी हैं, जो रोज़ आठ आने, एक रुपया रिक्शे पर ख़र्च कर सकते हैं ? ऐसे लोग जो रोज़ डलहौजी और धरमतल्ला और बड़ाबाज़ार नौकरी करने जाते हैं। ऐसे लोग जो स्कूल-कालेजों में पढ़ने जाते हैं। ऐसे लोग जो मुश्किल से सौ-सवा सौ रुपया तनख्वाह पाते हैं, आने-जाने में ही तीस-चालीस रुपया कहाँ से ख़र्च कर सकेंगे ?

नहीं ख़र्च कर सकते, तो ट्राम-डिपो तक पैदल जाएँ !—जयसिंह ने गाँगुली को फ़ील की शह दी। गाँगुली शह बचा गया। बादशाह कोने में चला गया। अपने प्यादों से दूर हो गया, निराश्रित हो गया।

आप तो अमीरों की तरह बात करते हैं, सिंह भाई ! खाने के पैसे नहीं हैं, तो भूखे रहो। रिक्शे के पैसे नहीं हैं, तो पैदल चलो। यह तो सही फैसला नहीं हुआ। बस-डिपो हम लोगों ने जलाया था। इसकी सज़ा डलहौज़ी के दफ्तरों में काम करने वाले निम्न मध्यवर्गीय लोग क्यों भुगतें ?

गाँगुली को जयसिंह से कोई उत्तर नहीं मिला। गाँगुली को स्वयं से भी कोई उत्तर नहीं मिला। उसके मन में सवाल पैदा हुआ। कितने सवाल उठ खड़े हुए।

उसने और उसके दोस्तों ने भूख-आन्दोलन को ताक़त देने के लिए बस-डिपो में आग लगाई थी। कि, सरकार चौंकेगी। कि, सरकार समझेगी कि जनता उससे नाराज़ है, उसकी करतूतों को नापसन्द करती है। आख़िर जनता अपनी नापसन्दगी कैसे ज़ाहिर करे?

जो लोग शासन की गद्दियों पर बैठे हैं, वे जनता के प्रतिनिधि नहीं हैं। वे अपने पैसों के प्रतिनिधि हैं। वे इस बात के प्रतिनिधि हैं कि उनके पास पैसा था, और अक्ल थी, तो पैसों से उन्होंने वोट के वक्त जनता की अक्ल ख़रीद ली।

विक्रमादित्य के सिंहासन में यह शक्ति थी कि जो कोई भी उस पर बैठ जाता था, वही सत्य का पोषक और न्याय का रक्षक बन जाता था। आज की सरकार के सिंहासनों की बात ही उल्टी है। जो कोई भी उन पर बैठते हैं, वही सत्य के विरोधी और अन्याय के संरक्षक बन बैठते हैं।

सोमेश किसी भी राजनीतिक दल का समर्थक नहीं है। जयसिंह भी किसी राजनीतिक मतवाद का पृष्ठपोषक नहीं है। दोनों ही न्याय चाहते हैं, सामान्य जनता के हितों की रक्षा चाहते हैं। दोनों चाहते हैं कि तेरह नम्बर की बस मछलीबगान ब्रिज तक आये।

कुछ दूर पर बैठे हुए लोगों में से एक लड़का उठकर इधर आया। बोला—सोमेश दादा, हम लोगों ने तय कर लिया है। कल शाम को शहीद पार्क में एक जन-सभा बुलाई जाए। वहीं एक जन-कमीटी का गठन किया जाए और प्रस्ताव पास करके स्टेट ट्रान्सपोर्ट के अधिकारियों को सूचित कर दिया जाए कि सात दिनों के अन्दर तेरह नम्बर की बस मछलीबगान तक आ जाए, वरना जन-कमीटी शान्तिपूर्ण तरीके से सत्याग्रह आरम्भ करेगी।

यह सब तो ठीक है। मगर, शान्तिपूर्ण तरीके से सत्याग्रह क्या होता है? क्या करोगे तुम लोग?—सोमेश मुस्कुराया।

हम लोग ट्राम-डिपो के पास बसों के सामने धरना देंगे। बसें नहीं चलने देंगे। बसों के सामने लेट जाएँगे। और भी बहुत कुछ करेंगे !—संतोष ने उत्तेजित होते हुए कहा।

ऐसा करोगे तो पब्लिक खुद तुम लोगों के ख़िलाफ़ हो जाएगी। जो लोग ट्राम-डिपो के पास रहते हैं, और जो लोग दूसरी बसों से आते हैं, उन्हें एतराज होगा। यह प्राब्लेम तो मछलीबगान के आस-पास के लोगों का है। टालीगंज या रीजेन्ट पार्क या गोरिया की तरफ़ जाने-आने वाले लोगों का प्राब्लेम नहीं है। उनकी बसें तुम लोग क्यों रोकोगे ?

जयसिंह ने बहुत प्रैक्टिकल बात कही। संतोष चुप हो गया। गाँगुली इस बार संतोष की तरफ़ से बोला—आप ग़लत कहते हैं, सिंह भाई ! यह प्राब्लेम सिर्फ मछलीबगान का नहीं है, सिर्फ कलकत्ते का भी नहीं है। समूचे देश का प्राब्लेम है। प्राब्लेम तेरह नम्बर बस का नहीं है, गवर्नमेन्ट की पॉलिसी का है। अगर तेरह नम्बर बस सरकारी नहीं होती; किसी प्राइवेट कम्पनी की होती, तो क्या एक दिन के लिए भी बस का चलना रुक सकता था ? नेशनलाइज़ेशन के नाम पर सरकार अन्याय कर रही है, यह दिखा रही है कि अगर हम सरकार की किसी भी नीति के ख़िलाफ़ चले, तो वह बसें बन्द कर देगी, स्कूल-कालेज बन्द कर देगी, चावल-गेहूँ की दूकानें बन्द कर देगी, ट्रेन बन्द कर देगी, क्योंकि सारी चीज़ों की मोनोपाली सरकारी हाथों में है। अतएव सिंह भाई ! हम ट्राम-डिपो के पास बस चढ़ने वाले हर आदमी को कहेंगे कि वे हमारा साथ दें। और आप यक़ीन कीजिए, लोग हमारा साथ ज़रूर देंगे ! संतोष, ऐसा करो, इलेट्रिक-स्टोर वालों से लाउड-स्पीकर किराये पर ले लो और रिक्शे पर घूमकर पूरे मछलीबगान और मूर एवेन्यू और चण्डी घोष रोड और चंडीतल्ला में एलान कर दो कि कल शाम को पाँच बजे श्री अधीर मित्तिर के सभापतित्व में जन-सभा होगी। कहना मत भूलना कि सभा विचित्रा-क्लब आयोजित कर रही है।

•
•
•

लाउडस्पीकर पर सुचित्रा सेन का वह प्रसिद्ध गीत बज रहा था—

आमार नूतन गानेर निमन्त्रणे
तुमि आसिबे की ?
आमाय तुमि आगेर मतुन
तेमनि भालो बासिबे की ?
आमार नतून गानेर निमन्त्रणे

आमर नतून गानेर निमन्त्रणे
तुमि आसिबे की ?

तुमि आसिबे की ?

सुमित्रा सेन गा रही थी कि, तुम्हें अपने नये गीत का निमन्त्रण दे रही हूं, क्या तुम आ सकोगे ? क्या तुम पहले की ही तरह, उसी पागलपन से प्यार कर सकोगे ?

सुचित्रा सेन गा रही थी, और किनारे की एक कुर्सी पर बैठी सोनाली सुन

रही थी। गीत में दर्द नहीं था, उन्माद था; विह्वलता नहीं थी, बेहोशी थी —और, सोनाली बेहोश हो रही थी। बेहोश होने का कारण था। वातावरण भी गीत की ही तरह उन्माद और बेहोशी से भरा था।

डायरेक्टर सेनापति बहुत-बहुत खुश नज़र आ रहे थे। रनजीत बाबू की आँखों में, खोई हुई ज़िन्दगी लौट आई थी। फिल्म-स्टार कुमुदिनी पेरिस में बने हुए कपड़े पहनकर आई थी, और बहुत खूबसूरत और बहुत अवस्त्र दीख रही थी। हीरो बसन्त कुमार सीटी बजाता हुआ टेबुल-टेबुल घूम रहा था। सेठ दयाभाई मायाभाई के हाशों में काकटेल का ग्लास था और वे यह कह रहे थे—मिस्टर सेनापति, ऐसी फिल्म बनाओ, ऐसी फिल्म बनाओ कि बम्बई वालों की नाक तराश ले। वे लोग बारह गाने देते हैं, तुम चौबीस गाने दो। वे लोग पन्द्रह नाच देते हैं, तुम तीस नाच दो। वे लोग···

'मुहूर्त्त' समारोह का पूजा-पाठ समाप्त हो चुका था। अब जलसा चल रहा था। पहले गार्डेन-पार्टी, फिर कल्चरल प्रोग्राम।

डाइरेक्टर सेनापति और रनजीत बाबू पुराने दोस्त हैं। एक गिलास में ह्विस्की पीने वाले दोस्त! सेनापति के नये फिल्म का 'मुहूर्त्त' उत्सव था। रनजीत बाबू ने ठाकुर और सोनाली को विशेष रूप से आमन्त्रित करवाया था। माडर्न मूविटोन स्टूडियो से विमल ठाकुर का घर नज़दीक ही है। जाने में पाँच मिनट भी नहीं लगते। ठाकुर ऐसे जल्सों में नहीं जाते हैं; मगर, रनजीत ने कहा ही था, सेनापति ने भी दो-तीन बार टेलीफोन किया था। डाइरेक्टर होने से पहले सेनापति आर्ट-क्रीटिक थे, और 'द स्टाइल' में उनके कई निबन्ध छपे थे। वे अब भी ठाकुर की पत्रिका के ग्राहक हैं। कभी-कभी एकाध लेख भी लिखते हैं।

अतएव, विमल ठाकुर को जाना पड़ा। सोनाली को भी साथ लेते गये। दिन-रात घर में पड़ी रहती है, बाहर नहीं जाती है। स्वास्थ्य खराब हो जाएगा। फ़िगर बरबाद हो जाएगा। सोनाली को घूमना चाहिए।

उधर अकेली क्यों बैठी हो, सोनी, आओ कुमुद से तुम्हारा परिचय करवा दें। आओ,···रनजीत बाबू एक गोल टेबुल पर बैठे थे। कुमुदिनी थी, सेठ दयाभाई मायाभाई थे, फोटोग्राफर धन्धेकर था, हेमानी थी।

हेमानी सीलोन से बुलाई गई है। डाइरेक्टर सेनापति की इसी फिल्म (रूपनगर) में नाचने के लिए बुलाई गई है। साँवली है, मगर चेहरा बहुत सलोना है। मुस्कुराना जानती है। टेबुल पर झुककर चेहरा टेढ़ा करके, ओठ सिकोड़कर बातें करना जानती है।

मगर, सोनाली के आते ही कुमुदिनी के पेरिस वाले वस्त्रों की नग्नता ग़ायब हो गई। हेमानी के साँवले चेहरे की चमक धुँधली पड़ गई। सोनाली काले बार्डर की सफेद साड़ी पहने थी। ब्लाउज़ भी सफेद था। हाथों की चूड़ियाँ और जूड़े के रिबन तक सफेद थे।

वह आई और सभी को नमस्ते करती हुई, एक कुर्सी खींचकर बैठ गई। धन्धेकर ने कुछ ज्यादा पी ली थी। देर तक अपनी आँखों में सोनाली का शरीर तौलता रहा, फिर अपनी छोटी-छोटी आँखें सिकोड़ता हुआ बोला—· वंडरफुल ! सेठ साहब, वंडरफुल ! कुमुदिनी जी, वंडरफुल ! यू आर द मोस्ट लकी चैप, मिस्टर रनजीत !

धन्धेकर इतना गंभीरता और इतनी ताक़त से बोल रहा था कि सोनाली को भी हँसी आ गई।

धन्धे साहब, ये सोनाली है। 'द स्टाइल' के एडीटर, विमल ठाकुर की लड़की। यानी मेरी भतीजी। और, सोनाली, ये धन्धे साहब हैं। हमारी नई फिल्म के फोटोग्राफर, ये हमारे प्रोड्यूसर हैं सेठ दयाभाई मायाभाई, ये हेमानी देवी हैं, सीलोन की सर्वश्रेष्ठ डान्सर। और ये हैं तुम्हारी कुमुद दीदी।···कुमुद, हमारी यह सोनी तुम्हारी ऐक्टिंग से बहुत प्रभावित है। कितने दिनों से कह रही थी, कुमुद दीदी से परिचय करवा दो—रनजीत

बाबू ने परिचय का काम जल्दी-जल्दी पूरा किया, ताकि धन्धेकर कोई सस्ती बात नहीं बोल सके।

फिर भी, उसने कहा—भाई रनजीत, तुम्हारी भतीजी है तो मेरी भी भतीजी हुई।···बट, आइ मस्ट से, मस्ट से···इतना सुन्दर फ़ीगर हालीउड की मेरेलिन मुनरो का भी नहीं है। गॉड इतना ब्युटीफुल शरीर नहीं बना सकता है, हमारी सोनाली तो खजुराहो या कोनार्क के किसी स्कल्पचरिस्ट की बनाई हुई है!

एक बहुत मीठी गुदगुदी से सोनाली सिहरने लगी। वासना की एक झन्कार भी उठी और समूचे शरीर में तरंग बनकर फैल गई। सोनाली की इच्छा हुई कि, एक-एक कर अपने सारे कपड़े उतार दे, और नाचने लगे, निपट नग्न होकर नाचने लगे, जैसे इन्द्र के दरबार में अप्सराएँ नाचती हैं। जैसे विश्वामित्र के सामने मेनका नाची थी। जैसे कृष्ण की मूर्ति के सामने राजस्थान की देवप्रिया मीराबाई नाचती थी।

आमार नतून गानेर निमन्त्रणे
तुमि आसिबे की?
तुमि आसिबे की?

और, धीरे-धीरे दूसरी टेबुलों के पास जमी हुई अधिकांश कुर्सियाँ धीरे-धीरे रनजीत बाबू की टेबुल के इर्द-गिर्द खिसकने लगीं। खिसकने लगीं कि वहाँ हेमानी थी और कुमुदिनी थी, और सोनाली थी! खिसकने लगीं कि वहाँ सोनाली थी।

सोनाली जान रही थी, और खुश हो रही थी कि सभी निगाहें सफेद साड़ी और सफेद ब्लाउज में चिपक रही हैं। वह खुश थी। वह चाह रही थी कि आँखें उसी को देखती रह जाएँ।

हर औरत यही चाहती है, मगर हर औरत खूबसूरत नहीं होती, हर औरत आर्ट-पीस नहीं होती है। सोनाली आर्ट-पीस है।

सेठ मायाभाई ने कहा—सोनी बेटी, तू इस फिल्म में रोल करेगी ?

धन्धेकर ने कहा—सोनाली देवी, आपकी कुछ तस्वीरें खींचना चाहता हूँ। फ्यू स्टडीज़ इन ब्यूटी !

हेमानी ने कहा—रनजीत डियर, इसे डान्स सिखाओ। मुझे कहो, मैं सिखाऊँगी। शर्त यही कि अपने ट्रूप के साथ इसे वर्ल्ड-टूर पर ले जाऊँगी।

कुमुदिनी ने कहा—नहीं, सोनाली, तू इन लोगों की बातों में कभी मत पड़ना। नहीं तो, तेरा कैरियर चौपट हो जाएगा ! लोग कुमुदिनी को एकदम भूल जाएँगे, जैसे अभी भूल गए हैं।

रनजीत ने कहा—कुमुदिनी को कोई नहीं भूल सकता है, कुमुद डियर ! तुम पिछले पन्द्रह वर्षों से हीरोइन हो···तुम्हारे यश में या तुम्हारे सौन्दर्य में इंच भर भी कमी हुई है ?

सोनाली ने कहा—नहीं, सोनाली ने कुछ नहीं कहा, चुपचाप मुस्कुराती रही, और अपनी उँगली में चमकते हुए नीलम को देखती रही। यह नीलम ठाकुर ने अपने लिए ख़रीदा था। मगर, बाद में सोचा कि सोनाली की उंगलियाँ ख़ाली हैं।

नीलम चमक रहा था। लोगों की आँखों में सोनाली चमक रही थी। नीलम बरसात की अन्धेरी रात की तरह चमक रहा था। सोनाली सुबह की किरणों में नहाती हुई कमलिनी की तरह चमक रही थी।

सोनाली के जीवन का, सोनाली के सौन्दर्य का, सोनाली के अस्तित्व का

उद्देश्य आज पूरा हो रहा था। नहीं तो, उसके जीवन का उद्देश्य क्या था? ठाकुर के लिए का़फ़ी बनाना, और गाँगुली की बातें सुनती रहना, और अपनी बहन और अपने भाई को याद करती रहना?

सोनाली के सौन्दर्य का उद्देश्य क्या था? चूल्हे की तरह जलते हुए कमरे के दरवाज़े को अन्दर से बन्द करके, फ़र्श पर नंगे और अकेली लेटी रहना तो उसके सौन्दर्य का उद्देश्य नहीं था। फिर क्या उद्देश्य था? सौन्दर्य का क्या उद्देश्य होता है? सूने जंगल के किनारे चुपचाप बहती हुई नदी का क्या उद्देश्य होता है? ऊँचे और ऊँचे पर्वतों की शिखर-मालाओं में बिखरी हुई बर्फ़ का क्या उद्देश्य होता है?

सौन्दर्य निरुद्देश्य होता है। सोनाली का सौन्दर्य निरुद्देश्य है। अधिकांश स्त्रियाँ अपने सौन्दर्य को उद्देश्यपूर्ण बनाती हैं। साधन बनाती हैं। उपयोग करती हैं। बेचती हैं। अपने लिए एक अमीर और आज्ञाकारी पति प्राप्त करने के लिए अपना सौन्दर्य बेचती हैं। चन्द रुपयों के लिए बेचती हैं। चन्द खुशियों के लिए बेचती हैं।

सोनाली यह सब नहीं करती है। उसका सौन्दर्य निरुद्देश्य है। जिस तरह हर महान कलाकृति निरुद्देश्य होती है। मगर, आज, अभी, शाम की इस गार्डेन-पार्टी ने सोनाली के सौन्दर्य को सार्थक किया है, सोद्देश्य किया है।

हज़ारों साल नरगिस अपनी बेनूरी पे रोती है
बड़ी मुश्किल से होता है चमन में दीदावर पैदा!

यह रनजीत बाबू का फेवरिट शेर है। सोनाली यह शेर उसी दिन से सुन रही है, जब पहली बार विमल ठाकुर और रनजीत बाबू बेहाला रिफ्यूज़ी कैम्प गये थे। सोनाली को देखकर ही उन्होंने यह शेर पढ़ा था। और आज तो चमन में एक ही दीदावर नहीं है, दीदावरों की कतारें लगी हुई हैं।

सोनाली हँसी ! तभी सेनापति के साथ ठाकुर आ गये, और शराब में डूबे हुए लहजे में बोले—सोनी, अब घर चलो ! लेट अस गो ! रनजीत बहादुर तुम भी चलो !···सेनापति साहब, फिल्म लाइन ने आपको मर्डर कर दिया, आप आनन्दकुमार स्वामी हो सकते थे।—बाइ-बाइ मिस कुमुदिनी, आपकी फिल्म मैं देखता हूँ। आइ लाइक यू···आप मुझे बहुत पसन्द हैं···बाइ-बाइ ···टु ऑल · चलो सोनी !

•
•
•

रनजीत को हेमानी के साथ सेठ दयाभाई मायाभाई की कोठी पर जाना था, इसीलिए वह साथ नहीं आया। सोनाली ने स्टूडियो के सामने रिक्शा लिया, और ठाकुर के साथ बैठकर घर वापस चली आई। रास्ते में ठाकुर एक शब्द नहीं बोले। अपने को सँभालते रहे। शराब पीकर ऐसी हालत कभी नहीं हुई है। पता नहीं, आज के काकटेल में क्या था ? शायद, काकटेल में नहीं था, फिल्म स्टूडियो के रंगीन वातावरण में था। एक्स्ट्रा लड़कियों की नंगी बाँहों में, एक्टरों और डायरेक्टरों की सदा-बहार बातों में, कुमुदिनी में, हेमानी में,···शायद, सोनाली में शराब से भी ज्यादा नशा था !

यों, वे दुःखी थे। उन्होंने ऐसा व्यवहार क्यों किया···शिष्टाचार कैसे तोड़ बैठे। सोनाली के कन्धों का सहारा क्यों लेने लगे···

सोनाली उनसे ज्यादा दुःखी थी। इसलिए दुःखी थी कि शाम की सारी खुशी बरबाद हो चुकी थी। सुचित्रा सेन का वह गीत···

आमार नतून गानेर निमन्त्रणे
तुमि आसिबे की ?

रुक चुका था। लाउड-स्पीकर से वातावरण में निमन्त्रण का राग भरने वाला स्वर रुक चुका था। और, अब रास्ते पर अन्धेरा था, और रिक्शा ऊँची-नीची गली में हिचकोले खाता हुआ चल रहा था। ठाकुर की आँखें वन्द थीं। सोनाली का शरीर जल रहा था। उसने सिर्फ बियर का एक छोटा-सा गिलास लिया था।

फिर भी, उसके धैर्य का बाँध टूट चुका था। रिक्शा वाले को पैसा चुकाकर घर में घुसते ही उसनें युद्ध शुरू कर दिया। ठाकुर कपड़े और जूते बदले बगैर ही सोफे पर लेट गये और सिगार पीने लगे। सिगार पीते-पीते कोई अंग्रेजी कविता गुनगुनाने लगे। शायद, शेली की कविता, द डिजायर अॅव, 'द मौथ फार द स्टार, द नाइट फार द मॉरो', या बायरन की कविता, 'ह्वेन वी टु पार्टेड, पेल ग्रू दाइ फेस, पेलर दाई किस···' या फिर, एलिएट की कविता 'इफ़ आइ वाक़ नेकेड, औल नेकेड···'

सोनाली ने कमरा अन्दर से बन्द कर लिया, और गुस्से में भींगती हुई, ठाकुर के सामने आकर खड़ी हो गई। बोली—तुम्हारी सेहत खराब है·· अक्सर बीमार हो जाते हो···तुमने शराब क्यों पी ? इतनी क्यों पी ली कि वहाँ बैठे सारे लोग हँसने लगे ?

पहले ठाकुर चुप लगा गये। सोनाली किसी दिन इस लहजे में उनसे बातें नहीं करती थी, इस तरह सवाल-जवाब नहीं करती थी। आज उसे क्या हो गया है ? ठाकुर ने कहा—मैंने ही नहीं पी थी। सभी पी रहे थे। तुम्हारे हाथों में भी मैंने गिलास देखा था। तुम भी सेठ मायाभाई की बगल में बैठी कोयल की तरह कूक रही थी। मैं सब देख रहा था, सोनी !

—क्या देख रहे थे ? मैं उस खूसट बुड्ढे की बगल में बैठी थी तो तुम क्या

देख रहे थे ?

—देख रहा था कि तुम्हें उन लोगों का साथ पसन्द आ रहा है। देख रहा था कि तुम उन लोगों में मिल जाना चाहती हो, उनकी जैसी ही हो जाना चाहती हो ! तुम कुमुदिनी बनोगी ? तुम हेमानी बनोगी ? जानती हो, आज हेमानी को साथ लेकर रनजीत और सेठ मायाभाई कहाँ जा रहे हैं, क्यों जा रहे हैं ? तुम भी हेमानी की तरह जाना चाहोगी ? तुम भी वैसी ही औरत बनना चाहोगी, जैसा एक दिन रनजीत की बीवी, पूरबी ने चाहा था ? तुम भी वही ज़िन्दगी बिताना चाहोगी, जो आज कुमुदिनी और हेमानी और पूरबी और पूरबी की बेटी सीता बिता रही हैं ?

चुप करो बाबा ! नहीं तो धरती फट जाएगी, और तुम उसमें समा जाओगे, —सोनाली कलेजे की सारी ताक़त लगाकर चीख़ी। फ़िर पलंग के किनारे पर बैठ गई। पत्थर की अहल्या बनकर बैठ गई। सिर झुकाये रही, और बैठी रही। और तब, अचानक जैसे पत्थर को राम के पाँव ने छू दिया। पत्थर फट गया, और तलवार की तेज़ धार की तरह चमकती हुई सोनाली उठी। उठकर खड़ी हो गई। खड़ी होकर कमरे में घूमने लगी। जैसे साँप ने फन काढ़ लिया हो, और झूम रहा हो। जैसे साँप विष का दाँतों से निकलने को गर्म हो रहा हो, और साँप गर्मी से, ज्वाला से पागल हो रहा हो।

सोनाली ने कहा—मैं जानती हूँ, बाबा, तुमने शराब क्यों पी है। होश में रहने पर मुझे जो कहने का, मुझसे जो करने का साहस तुममें नहीं है, शराब पीकर उसके लिए ताक़त पाना चाहते हो। मुझे याद है, मेरा बाप जब मेरी माँ को पीटना चाहता था, तो शराब पीकर घर लौटता था। तुम मुझे पीटना नहीं चाहते हो, मुझे खा जाना चाहते हो, मेरी देह का अंग-अंग नोचकर खा जाना चाहते हो। मैं जानती हूँ। मैं तुम्हें 'बाबा' कहती हूँ, और तुम मुझे बकरी की तरह ज़िबह कर देना चाहते हो···मगर, ऐसा नहीं होगा, बाबा, ऐसा कभी नहीं होगा।

और, सोनाली रोने लगी। जैसे लड़कियाँ अपने पिता के सामने रोती हैं,

सोनाली रोने लगी। सोनाली के रोने ने ठाकुर को नंगा कर दिया। सोनाली की बातों ने ठाकुर को बर्फ की नदी में डुबो दिया। सोनाली की बातें, और सोनाली के आँसू, और विमल ठाकुर सोफे से उठकर नया सिगार लाने, कोने की टेबुल तक गये।

ठाकुर अविवाहित थे। आँखों के इर्दगिर्द मोटी झुर्रियाँ फैल गई थीं, नसों का तनाव एकदम ढीला पड़ गया था, आधे से ज्यादा बाल सफेद हो गये थे; मगर, ठाकुर अविवाहित थे। और, आज की रात वे अविवाहित थे। और, आज की रात वे पागल हो रहे थे। सोनाली उनका 'इन्टेन्शन', उनका मतलब जान गई थी।

जान गई है, यह भी अच्छा है। अब लाज-शरम क्यों? सोनाली मेरी कौन है? कोई तो नहीं। सोनाली मेरी क्या है? कुछ तो नहीं?

रूपकला प्रोडक्शन्ज की यूनिट के साथ रनजीत बाबू बेहाला रिफ्यूज़ी कैम्प गये थे। फिल्म की कहानी में रिफ्यूज़ी कैम्प का एक दृश्य था। छोटी-छोटी झोंपड़ियाँ हैं। पानी के नल पर औरतें झगड़ रही हैं। धूल-भरी सड़कों पर बच्चे खेल रहे हैं। कोयले से भरी ट्रकें किनारे लगाकर पंजाबी ड्राइवर और कुली रिफ्यूज़ी औरतों से हँसी-मज़ाक की बातें कर रहे हैं। कोई भिखारी बाउल पर वैष्णव-पद गाता चला जा रहा है। डस्टबीन से बूढ़ी औरतें और बीमार बच्चे शीशे के टुकड़े चुन रहे हैं। और, शाम हो रही है। तेज़ भागती हुई एक कार आती है। और कार में फिल्म के हीरो-हीरोइन बैठे हैं। कार के नीचे एक लड़की कुचल जाती है, तीन-चार साल की एक हसीन-सी लड़की। हीरो कार रोककर उतरता है, बेहोश और अपने ही खून में डूबी हुई लड़की को, और रोती-चीखती हुई उसकी बड़ी बहन को (जो बाद में, कहानी की हीरोइन बन जाती है) कार में बिठाकर अस्पताल ले जाता है।

बेहाला रिफ्यूज़ी कैम्प के अधिकांश लोग शूटिंग देखने को जमा हो गये।

शाम हो चुकी थी, और शेफाली अपने पति, जयन्त के साथ घूमने चली गई थी। सुभाष चाय की दूकान पर था। सोनाली श्यामा मासी के साथ चौराहे के पास शूटिंग देखने आ गई। स्वभाव में चंचलता थी, इसीलिए सबसे आगे खड़ी हो गई। और, फोटोग्राफर के मूवी कैमरे के एंगिल्स, और डाइरेक्टर की तेज़-तर्रार आवाज़, और दुल्हिन-सी सजी-सजाई हीरोइन को उत्सुक और आश्चर्यपूर्ण निगाहों से देखने लगी।

रनजीत बाबू ने सोनाली को देखा। सोनाली अभी तक फ्राक ही पहनती थी। पहनते लज्जा होती थी, मगर, फ्राक ही पहनती थी। कुछ इसलिए कि मुहल्ले की उसकी उम्र की सभी लड़कियाँ फ्राक से ही काम चला लेती थीं, और कुछ इसलिए कि सत्तर-अस्सी रुपये प्रतिमाह कमाने वाले जयन्त भाई को साड़ी के लिए कहना पागलपन होता। प्रीतिबाला की शादी में सोनाली बड़ी बहन की साड़ी पहनकर गई थी। मगर, आदत नहीं थी, साड़ी कई जगहों से मसक गई, फट गई, चूर-चूर हो गई।

उस रात शेफाली ने कितनी गालियाँ सुनाई थीं! फिर, सोनाली ने कभी बहन और बहनोई के सामने साड़ी का नाम न लिया। मगर, शरीर क्या फ्राक का बन्धन मानता है?

रनजीत बाबू देख रहे थे कि शरीर फ्राक का बन्धन नहीं मानता है। सोनाली को देखकर रनजीत बाबू पूरबी को, और कुमुदिनी को, और बसन्तप्रभा को, और वन्दना को, और अलका को, और कलकत्ते और बम्बई की सारी फिल्मस्टारों को, और अपने 'महान' जीवन में अब तक आई हुई सारी औरतों को भूल गए। उन्होंने दो बातें सोचीं—कीमती जार्जेट की साड़ी पहनकर इस लड़की को 'ग्रीनउड' के अपने कमरे में बैठा लिया जाए, तो क्या समूचे शहर की सारी कीमती कारें 'ग्रीनउड' के दरवाज़े पर ही नहीं रुकने लगेंगी? और अगर, इसे थोड़ा नाच-गाना और डायलाग बोलना सिखाकर फिल्मों में उतार लिया जाए, तो क्या देश के सारे फिल्म-प्रोड्यूसर मेरे ही क़दमों पर नहीं झुक जाएँगे?

क्यों बेटी, तुम्हारा नाम क्या है ?—चारमीनार सिगरेट का धुआँ उगलते हुए रनजीत बाबू ने पूछा।

सोनाली भय से त्रस्त होकर चार क़दम पीछे हट गई। बाँहें उठीं, आत्म-रक्षा में वक्ष के अग्रभाग पर बँध गईं। उत्तर श्यामा मासी ने दिया—नाम है सोनाली। सत्तरह नम्बर बाड़ी में रहती है। घर में बड़ी बहन है, बहनोई है, छोटा भाई है। बहनोई कारखाने में काम करता है। भाई चायखाने में नौकर है। क्यों बाबू, इस लड़की का नाम क्यों पूछते हो ? देखने में बहुत भली है, इसीलिए ? इसे अपनी कम्पनी में भरती करोगे ?

श्यामा मासी हँसने लगी। सोनाली रुक नहीं सकी वहाँ, दौड़ती हुई अपने घर की तरफ़ चली गई। वह आतंकित हो गई थी। सूट-टाई वाले बाबू ने मेरा नाम क्यों पूछा ? क्यों पूछा मेरा नाम ? क्यों पूछा ?

सोनाली कमरे का दरवाज़ा अन्दर से बन्द करके हाँफने लगी, मगर उसे कोई उत्तर नहीं मिला। उत्तर श्यामा मासी को मिला। रनजीत ने श्यामा मासी के घर का नम्बर नोट कर लिया, और कहा—कल शाम को आऊँगा। सोनाली की बड़ी बहन को बुलाकर रखना। हो सके, तो एकाध बोतल पहले से ही पिलाकर रखना उसे। मुझको बेकार की खिच-खिच पसन्द नहीं आती है।

श्यामा मासी ने पाँच-पाँच रुपये के कुछ नोट अपने मोटे शरीर पर बिछी हुई पतली ब्लाउज के अन्दर सावधानी से रख लिये, और बोली—बाबू, मेरा नाम श्यामा है। फिल्म-कम्पनी के कितने ही लोग मेरा दरवाज़ा पहचानते हैं। शेफाली बहुत अच्छी लड़की है। तुमको खुश कर देगी।

शेफाली चाहती थी, कि सोनाली का कहीं कुछ ठिकाना हो जाए। इसलिए चाहती थी कि जयन्त एक दिन सोनाली को सिनेमा दिखाने ले गया था। रविवार था। उसकी छुट्टी थी। शेफाली खुद मुहल्ले की औरतों के साथ

दक्षिणेश्वर गई थी। जयन्त ने सोनाली को जाने नहीं दिया, खाना कौन बनाएगा! और, जब शेफाली लौटी तो सुभाष ने कहा—सोनाली और जयन्त दादा घूमने गये हैं।

शेफाली चाहती थी, कि सोनाली का कहीं कुछ ठिकाना हो जाए। लेकिन, डरती भी थी। रनजीत बाबू से डरती थी। यह नहीं चाहती थी, कि सोनाली भी उसी की तरह बनकर रह जाए।

जयन्त जो कमाकर लाता है, उससे घर का खर्च नहीं चलता है! शेफाली चोरी-चोरी श्यामा मासी के कमरे में आती है। श्यामा मासी के पास कुछ बँधे-बँधाये लोग आते हैं। लोग आते हैं। शेफाली आती है। मनु आती है। प्रतिमा आती है। लीला आती है। अब, सरकारी आर्डर से न्यूमार्केट के पास की गली, उमादास लेन के वे कमरे तोड़ दिये गये हैं, जहाँ शेफाली टैक्सी पर चढ़कर जाती थी। वहाँ जाने वाली लड़कियाँ अब बस और ट्राम के स्टैण्डों पर खड़ी होती हैं। शराब और जुए के बदनाम अड्डों पर जाती हैं। गलियों के गन्दे होटलों में एक प्याला चाय सामने रखकर बैठी रहती हैं।

शेफाली जयन्त के रुपयों से घर का खर्च नहीं चला पाती है, तो जयन्त शराब पीकर वापस लौटता है। सोनाली डरकर बिस्तरे में छिप जाती है, आँखें बन्द कर लेती है। सुभाष सब्जियाँ काटने वाली छुरी पेट मे दबाकर सोनाली से कहता है—तू डर मत सोनी, जयन्त दादा तुम्हें कुछ कहेगा, तो मैं यह छुरी उसके पेट में घुसा दूँगा। जानती है, मैं कल्लू दादा के दल में जाता हूँ। उन्होंने वादा किया है कि मुझे छुरी चलाना सिखा देंगे, और जेब काटना सिखा देंगे। जानती है, सोनी, मैं जेब काटना सीखूँगा। फिर हमारे पास पैसों की कमी नहीं रहेगी। बस, दो उँगलियों का खेल है···यूँ उँगली घुमाई, यूँ मनीबेग हाथ में आया। तू डर मत सोनी, मैं अब बड़ा हो रहा हूँ।

काश, सुभाष बड़ा लड़का रहता। मुझसे और दीदी से और जयन्त भाई से

बड़ा रहता। तब तो जयन्त भाई उस दिन सिनेमा हाल में मुझसे जो कर रहे थे; नहीं कर पाते। मैं सुभाष को सब बातें कह देती, और जयन्त दादा सुभाष के डर से फिर किसी दिन मेरा हाथ तक नहीं छूते ! सोनाली सोचती है, और जयन्त के हाथ के कड़े तमाचों की आवाज और शेफाली की चीख-पुकार सुनती रहती है।

एक ही कमरा है, और चारों व्यक्ति एक ही कमरे में फर्श पर बिस्तरा बिछाकर सोते हैं। एक किनारे सोनाली, फिर सुभाष, फिर जयन्त, और अन्त में दीवार के पास शेफाली। मसहरी नहीं है, और मच्छर काटते हैं। सोनाली को नीन्द नहीं आती। बार-बार उठकर पानी पीती है। नीन्द में सुभाष पाँव फेंकता है। नीन्द में शेफाली कुहरती है। नीन्द में जयन्त खाँसने लगता है। सोनाली को नीन्द नहीं आती है।

शेफाली चाहती है, कि सोनाली का कहीं ठिकाना हो जाए। सुभाष तो घर में ज्यादा दिन टिकेगा नहीं; पर जमने लगे हैं, एक बार थाने की हाजत में भी रह आया है। मगर, रनजीत बाबू तो राक्षस हैं। उनके पास रुपया है, मोटरकार है, शानदार होटल में रहते हैं; मगर, राक्षस हैं।

और, तब राक्षस के साथ एक दिन एक देवता शेफाली से मिलने आये। देवता थे विमल ठाकुर। सोनाली को दिखाने के लिए, रनजीत उन्हें जबरदस्ती पकड़ कर ले आये थे। जयन्त ड्यूटी पर गया था, और सुभाष चायखाने। दोनों व्यक्ति सीधे शेफाली के घर में चले आये।

ये मेरे बड़े भाई हैं, श्री विमल ठाकुर। देश के इने-गिने पंडितों में इनका नाम है। तुम्हारी चर्चा की, तो दया से हृदय भर आया। बोले, मुझे शेफाली के यहाँ ले चलो। देखूँ, कुछ सहायता कर पाता हूँ, या नहीं !—रनजीत बाबू ने परिचय करवाया। घर में चाय-चीनी कुछ नहीं थी, फिर भी, शेफाली ने चाय की व्यवस्था की। अकेले में गुप-चुप रनजीत से बोली, मैं तुम्हारे साथ···श्यामा मासी के घर में,···यह बात तुम्हारे बड़े भाई

जानते हैं क्या ?

धुत् पगली ! वे संन्यासी आदमी हैं, उनसे यह सब कहूँगा ? उनके सामने साड़ी का आँचल सिर से नीचे मत गिराओगी, नाराज़ हो जाएँगे।

श्रद्धा से शेफाली का माथा नत हो गया। लौटते समय ठाकुर ने कहा—जयन्त स्टेनोग्राफी जानता है, तब फैक्टरी में क्यों है ? कल उसे मेरे दफ्तर भेज देना, बहू, उसे किसी बड़े दफ्तर में रखवा दूँगा।

शेफाली ने पाँव छूकर ठाकुर को प्रणाम किया। सोनाली चुपचाप ठाकुर को देखती रही—धोती-कुर्ते में ठाकुर इस तरह लगते थे, जैसे किसी लम्बी और काली 'ब्रोंज' ग्रीक मूर्ति को भारतीय वस्त्र पहना दिये गये हों।

ठाकुर के हाथ बहुत लम्बे हैं। उँगलियाँ और भी लम्बी तथा मोटी-मोटी हैं। उँगलियाँ के गिरह बड़े-बड़े हैं, भारी हैं। लगता है, किसी आदिम गोरिल्ला के हाथ के पंजे काट कर ठाकुर के बाजुओं में फिट कर दिये गये हों।

ठाकुर ने अपना दायाँ हाथ उठाया, और सोनाली के गालों पर एक पूरा तमाचा जड़ दिया। सोनाली को गश आ गया। पलंग पर फैल गई। फिर, चुपचाप उठी, आँखों में आँसू तक नहीं आये थे, और अपने कमरे में चली गई।

सोमेश गांगुली

भूख-आन्दोलन के जुलूस में शामिल होने वालों पर सरकार ने गोली चलवाई थी। शान्ति की रक्षा के लिए गोली चलाना आवश्यक था, या नहीं, उचित हुआ, या नहीं; जो भी हुआ, काफ़ी लोगों को अपने प्राणों से हाथ धोना पड़ा। उन्हीं शहीदों की याद में, आदिगंगा के किनारे की खाली जमीन पर पत्थर का एक छोटा-सा स्तम्भ गाड़कर शहीद-स्मारक बनाया गया है। जगह का नाम दिया गया है, शहीद-पार्क। पार्क का आधा हिस्सा ऊबड़-खाबड़ है, आधा हिस्सा जंगली पौधों और घास से भरा है। किनारे कई पुराने वृक्ष हैं, पीपल और बरगद के वृक्ष। जिनमें एक बरगद पर, मुहल्ले की एक विधवा लड़की पिछले साल फाँसी लगाकर मर गई थी।

लड़की का नाम था कृष्णा। परिवार में बीमारी का बहाना करके घर में पड़ा रहने वाला बूढ़ा बाप था। भगवान के भजन का बहाना करके भीखें माँग लाने वाली वैष्णवी माँ थी ! बिना कोई बहाना किये, दिन-रात एक सिगरेट के लिए, एक कप चाय के लिए, एक प्याला शराब के लिए जयसिंह

और सोमेश गांगुली के पीछे-पीछे मारा फिरने वाला भाई था। और, कृष्णा थी। विधवा थी, और गले में तुलसी की माला पहनती थी। रोज शाम-सुबह माँ के साथ काली मन्दिर जाती थी। दोनों वक्त नहाती थी।

सोमेश तीन-चार बेंच डालकर बनाये गये मंच से गरज रहा था कि कल से हमलोग ट्रामडिपो के पास बस स्टैन्ड पर पिकेटिंग करेंगे ! यह सरकारी जुल्म है कि तेरह नम्बर बस मछलीबगान तक नहीं आती है। हम आज़ाद मुल्क के नागरिक हैं, यह जुल्म बर्दाश्त नहीं करेंगे। और, शहीद-पार्क से कुछ दूर, पान की दूकान के पास मीनाक्षी के साथ खड़ी सोनाली कृष्णा नाम की उस विधवा लड़की की बात सोच रही थी। पुलिस की गोली से जो लोग जान-बूझ कर या अनजाने मारे गये, वे तो शहीद हो गये। उनके लिए तो स्मृति-स्तम्भ गाड़ा गया। उनकी याद में तो शहीद-पार्क की नीव डाली गई मगर, कृष्णा के लिए क्या हुआ ? कृष्णा क्या शहीद नहीं थी ? कृष्णा क्या स्वाभाविक मृत्यु से मरी थी ? गोली से तो झट से मर जाते हैं। बरगद की डाली में रस्सी टाँगकर, गले में बाँधकर झूल जाना कितना कठिन है। कृष्णा क्या खुद फाँसी लटक गई ?

कृष्णा को समाज ने फाँसी लटकाया। उसी समाज ने जो बेवकूफ लोगों से कहता है कि जाओ, नारा लगाते हुए, चलते राइफल की नली के सामने खड़े हो जाओ।

कृष्णा और मीनाक्षी और रत्ना और सोनाली नदी में नहाने गई थीं। रत्ना घाट पर बैठकर कपड़े धोने लगी। मीनाक्षी तैरना नहीं जानती थी। सोनाली ने कहा—चलो कृष्णा, थोड़ी देर तक तैर लें। साड़ी घुटनों तक समेट कर बाँध लो···चलो।

कृष्णा कमर तक पानी में उतर चुकी थी। बोली—नहीं···आज नहीं। तुम अकेली तैर लो। मैं साथ नहीं दूँगी।

क्यों साथ नहीं दोगी ?—हाथ पकड़कर सोनाली उसे खींचने लगी। कृष्णा

भारी पड़ती थी। उसे धकेलने के लिए, अथाह पानी में ले जाने के लिए, वह कृष्णा के शरीर में लिपट गई। लिपटते ही सोनाली के पेट में नारियल जैसी कोई कड़ी और गोल चीज धँसने लगी। कृष्णा का पेट बहुत फूला हुआ था, और बहुत कड़ा था। मगर, सोनाली चीखी नहीं, धीरे से बोली, कृष्णा तुम्हारा पेट क्यों फूल गया है ?

मेरे पेट में बच्चा है,—कृष्णा बहुत धीमे स्वर में बोली।

—मगर, तू तो विधवा है। तुझे पेट कैसे रह गया ? किसके साथ चेहरे पर कालिख पोतने गई थी तू ? मुझे तो कभी नहीं बताया !

—किसके साथ गई थी, कैसे बताऊँ ? मुझे तो याद नहीं है।

—आखिर, यह बच्चा किसका है ? तू बच्चे के बाप को नहीं जानती है ?

कृष्णा बहुत सूखी हँसी हँसने लगी। फिर, अंजलि से अपने माथे पर पानी डालती हुई, बोली—मैंने कई लोगों से कह रक्खा है कि यह बच्चा उन्हीं का है। और, कई लोगों ने मुझसे कह रक्खा है, कि यह बच्चा उन्हीं का है ! और, मैंने लोगों से कहा है और लोगों ने मुझसे कहा कि मैं किसी से नहीं बताऊँ कि यह बच्चा उन्हीं का है ! तेरी समझ में बात आ गई, सोनी ?

—हँसना बन्द करो, कृष्णा ! मज़ाक की बात नहीं है। रत्ना घाट पर कपड़े धो रही है। जान जाएगी तो सारा मछलीबगान जान जाएगा।

—जान जाए, मेरा क्या है ? मैंने तो खुद अपने आप गर्भ धारण नहीं कर लिया है। बच्चा तो किसी न किसी मर्द का ही है। मछलीबगान में रहने वाले ही किसी आदमी का है।

मगर, तुझे मेरी कसम है, तू अब अपने घर से मत निकला कर। अगर हो

सके, तो किसी डाक्टर के पास चली जा। वेलेस्ली की एक लेडी डाक्टर से मेरी जान-पहचान है। मैं अपनी दीदी के साथ उसके यहाँ जाती थी। बोलोगी, तो उसके पास तुम्हें ले चलूँगी,—सोनाली की बातों का कोई उत्तर कृष्णा ने नहीं दिया।

जब नहा-धोकर वे सभी वापस लौट रही थीं, तो कृष्णा ने इतना ही कहा—मैं ही जीकर क्या करूँगी ? जो इसका बाप है, वही इन्कार करता है, तो मैं क्या करूँ ?

यह कृष्णा और सोनाली की आखिरी मुलाकात थी; दूसरे दिन सुबह ही ठाकुर ने कहा—अपने मुहल्ले में कोई लड़की रहती थी। कृष्णा नाम था। बरगद के पेड़ में रस्सी टाँगकर फाँसी झूल गई है।

कृष्णा अपने बच्चे के लिए एक सही पिता नहीं पा सकी, अपने बच्चे को एक सही नाम नहीं दे सकी, खानदान नहीं दे सकी, इसीलिए फाँसी लगाकर मर गई। अन्धेरे में शहीद-पार्क के पास किसी झाड़ी में लेटकर, वह किसी से अपने लिए एक बच्चा तो ले सकी, मगर बच्चे के लिए पिता नहीं ले सकी।

सोनाली सोमेश का लेक्चर सुन रही थी और कृष्णा के बारे में सोच रही थी।

सरकार गोली चलाने में बहादुर है, और इलेक्शन के वक्त वोट माँगने में भी बहादुर है। और हम लोग मूर्ख हैं। गोली भी खाते हैं और गोली चलाने वाले को वोट भी देते हैं। साथी जयप्रकाश नारायण कहते हैं···

कृष्णा की माँ ने तो कितनी बार अधीर बाबू से कहा था, कि तुम लोग धरम-करम नहीं जानते हो, मेरी बेटी की शादी करवा दो···तेरह-चौदह साल की थी, तभी विधवा हो गई···गंगा की तरह पवित्र है मेरी बेटी···

घर का सारा काम-काज जानती है···शादी करवा दो। मगर, अधीर बाबू तो पालिटिकल नेता हैं, एक गरीब विधवा लड़की की सहायता करने का उन्हें अवकाश क्यों हो ?

काँग्रेसी सरकार घूसखोरों की सरकार है, बुजदिलों की सरकार है। चीन हिमालय के प्रदेशों पर कब्जा जमा रहा है, और सरकार नई दिल्ली के शीत-ताप-नियंत्रित भवनों में खर्राटे मार रही है। कामरेड जे० बी० कृपलानी का कथन है···

अभी अधीर मित्तिर कितने जोरों से गरज रहे हैं, मगर, उस दिन सोमेश ने कहा था कि, चलिए, कृष्णा को जलाने ले जा रहे हैं, श्मशान घाट तक चलिए। तो बोले, मुझे तो अभी तुरन्त एक मीटिंग में जाना है।

यह हिन्दुस्तान है, इसीलिए गोली चल जाती है, और कुछ नहीं होता। अगर यह योरप का कोई देश होता, इंगलैंड होता···। कामरेड गैटस्केल ने कहा था···

अधीर मित्तिर के बाद हरिदास बाबू, काँग्रेसी एम० एल० ए० ने भाषण दिया। जयसिंह भी पाँच-सात मिनट तक चिल्लाता रहा। स्काटिश चर्च की एक छात्रा ने भी डिबेट के ढंग पर कुछ बातें कही। और, अन्त में सर्व-सम्मति से फैसला हो गया कि कल रविवार है और रविवार को दफ्तरों में काम करने वाले सभी लोग साथ दे सकेंगे, इसीलिए कल सुबह से पिके-टिंग की जाए—शान्तिपूर्ण सत्याग्रह।

वालेन्टियर चुन लिये गये। जन-समिति के बैज बन गये। नारे लगाने के लिए लोगों की लिस्ट बन गई। मीटिंग खत्म हो गई।

मीनाक्षी बोली—उनको क्या पड़ी थी कि भाषण देने चले गये। कहीं पुलिस पकड़ ले गई, तो बेकार तबाही होगी। सुना है, पुलिस वाले लालबाजार में

बन्द करके बहुत मारते-पीटते हैं।

नहीं भाभी, मार-पीट अंग्रेजों के राज में होता था, अब तो सरकार अपनी है, पुलिस भी अपनी है,—सोनाली ने गांगुली को अपने दोस्तों के साथ आते हुए देखा, तो रास्ते में किनारे-किनारे चलने लगी।

•
•
•

काले पत्थरों का बना हुआ, महारानी विक्टोरिया का स्टैच्यू बहुत विशाल है। उसके नीचे खड़ी होकर सोनाली कितनी छोटी लगती है···

शाम बीती जा रही है। विक्टोरिया मेमोरियल के गुम्बदों से झाँकते स्त्री-पुरुष छोटे-छोटे खिलौनों की तरह दिखते हैं। शाम बीती जा रही है। गांगुली ने कहा था, वह ठीक छः बजे आ जाएगा। सोनाली को घर में कोई काम नहीं था, इसीलिए चार ही बजे यहाँ आ गई। शाम बीती जा रही है। सोनाली को रात के अन्धेरे में बहुत डर लगता है।

सामने के पेड़ों के साये में एक क्रिश्चियन परिवार बैठा है। रंगीन फ्राक पहने हुए लड़कियाँ तितलियों के पीछे तितली बन रही हैं। पति-पत्नी घास पर लेटे-लेटे कोई किताब पढ़ रहे हैं। पास में एक मद्रासी आया है, और छोटे बच्चे को खिला रहा है।

सोनाली इस परिवार को देखकर खुश होती है। खुश होती है, परिवार के

जीवन की शान्ति को अनुभव करके खुश होती है। तीन-चार बच्चे हों, शान्त स्वभाव का पति हो, नौकरानी हो, छोटा-सा घर हो।

झील में किसी ने पत्थर फेंक दिया होगा। बगुलों का एक दल सफेद बादल के एक छोटे-से टुकड़े की तरह उड़ा। उड़ता हुआ, सोनाली के सिर के ऊपर से गुजर गया। झील में किसी ने पत्थर फेंक दिया होगा। मीनाक्षी से सुना हुआ रवि ठाकुर का एक गीत सोनाली को याद आ गया—

सन्ध्या होलो, ऐकला आछि बोले
एइ जे चोखे अश्रु पड़े गोले
उगो बन्धु, बोलो देखि
शुधु केवल आमार ए कि ?
एर साथे जे तोमार अश्रु दोले
सन्ध्या होलो, ऐकला आछि बोले

थाक ना तोमार लक्ष ग्रहतारा
तादेर माझे आछे आमाय हारा
सइबे ना से, सइबे ना से
टानते आमाय होबे पाशे
ऐकला तुमि, आमि ऐकला होले
एइ जे चोखे अश्रु पड़े गोले

सन्ध्या हो गई, और, अकेली हूँ, इसलिए आँखों से आँसू बह निकले हैं···
सन्ध्या हो गई है और अकेली हूँ, और अब तक सोमेश नहीं आया है।

लेकिन, मैं सोमेश की प्रतीक्षा क्यों कर रही हूँ ? मछलीबगान की सारी लड़कियाँ उसकी प्रतीक्षा करती हैं, मैं क्यों करूँ ? मैं तो उन सारी लड़कियों की तरह नहीं हूँ ! मैंने तो उसे अपना हाथ तक पकड़ने नहीं दिया है। मेरे शरीर का कोई अंग किसी क्षण उसका नहीं हुआ है। वह नहीं कह सकता है

कि सोनाली के हाथ मेरे हैं, या आँखें मेरी हैं, या अन्ततः सोनाली का हृदय ही मेरा है। वह किसी अंग पर दावा नहीं कर सकता है।

सोमेश गाँगुली दावा करने की स्थिति में आने की कोशिश करता है, मगर, सोनाली मछलीबगान के अपने मकान के दरवाजे के अन्धेरे में धीरे-धीरे दूर जाती हुई नाव की तरफ छिप जाती है। नाव के पाल छिप जाते हैं, नदी के बहते हुए जल की धारा में दो किनारों की सीमा में नाव के पाल छिप जाते हैं। सोनाली हवा में फैलते हुए आँचल समेट लेती है, और दरवाजा अन्दर से बन्द कर लेती है।

सोमेश तेज़ कदमों से मछलीबगान पुल के पास, 'अनन्त केबिन' में आता है, और चीखता है—अनन्त भाई, एक कप चाय भेजो। ठंडी नहीं, एकदम गर्म चाय!

साल भर पहले, एक दिन सोनाली अकेली पुल के पास खड़ी थी। नौकरानी सब्जियाँ लाने बाजार गई थी, और वह सूरज का डूबना देखती हुई, नौकरानी का इन्तज़ार कर रही थी। बादल रंगीन हो रहे थे, और आदिगंगा रंगीन हो रही थी। बस-डिपो के पास बसें, और आते-जाते लोग, और नदी में जाल फेंकते हुए मछुए, और मीनाक्षी से सुना हुआ गीत सोनाली के मन में गूँज रहा था—

थाक ना तोमार लक्ष ग्रहतारा
तादेर माझे आछे आमाय हारा

सोमेश चाय पीकर 'अनन्त केबिन' से निकला, और पुल के पास आकर रुक गया। सिगरेट पीने लगा।

क्या देख रही हो?—सोमेश ने पूछा। कई बार विमल ठाकुर से मिलने आ चुका है, एक बार उसकी तीन-चार कविताएँ 'द स्टाइल' में निकल चुकी

हैं, वह सोनाली के हाथों की चाय भी पी चुका है। इसी परिचय के आधार पर, सोमेश ने पूछा—क्या देख रही हो ?

—सूरज डूब रहा है।
—सूरज डूब रहा है तो क्या ?
—तो रात हो जाएगी।

और काफ़ी देर तक पुल की रेलिंग पर बाँहें डाले सोनाली रात का होना देखती रही, और काफ़ी देर तक पुल की रेलिंग पर बाँहें डाले सोमेश सोनाली को देखता रहा, और सिगरेट पीता रहा।

—अनन्त केबिन की चाय पियोगी ?
—नहीं।
—क्यों ?

—मैं गर्म पानी और चीनी नहीं पीती हूँ। चाय पीती हूँ, और घर से पीकर बाहर निकली हूँ। तुम्हें पीनी हो, पी आओ।

और, सोनाली मुस्कुरायी, और सोमेश ने सोचा, काफ़ी तेज़ लड़की है। और, अँधेरा हो गया। महारानी विक्टोरिया का स्टैच्यू अन्धेरे की पर्तों में डूबने लगा।

सोमेश अभी तक नहीं आया है। क्यों नहीं आया है ? शायद, जान-बूझकर देर कर रहा है। सोनाली विक्टोरिया मेमोरियल के पीछे, झील के किनारे बैठ गई। काफ़ी दूर पर कई औरतें बैठी थीं। इसीलिए, अकेले बैठने में भय नहीं था। कोई भय नहीं था। एक-दो सिपाही और दरबान दूर-दूर चक्कर लगा रहे थे।

सोनाली ने अपनी साड़ी घुटनों के पास सरका ली, और पानी में पाँव डाल-

कर बैठ गई। लाल संगमर्मर जैसे उसके तलवे पानी में डूब गए। पानी का शीतल स्पर्श शरीर को, मन को बहुत अच्छा लगा। थोड़ी झुककर उसने अँजुरियों में पानी भर लिया और मुँह धोने लगी। छोटी-छोटी लाल-हरी-पीली मछलियाँ सोनाली के पाँवों के पास खेलने लगीं। उसने मछलियों को मुट्ठी में पकड़ना चाहा, मगर मछलियाँ थीं। मछलियाँ मुट्ठी में नहीं आ सकतीं, सोनाली ने सोचा, और अपने इस विचार पर उसे खुद ही हँसी आ गई। मैं खुद भी मछली ही हूँ क्या ? मैं मछली हूँ, और सोमेश है, और बाबा हैं, और रनजीत बाबू हैं, और नदी बहती है।

सोनाली ने अपने पाँवों को धोना और मलना शुरू किया। पाँवों के तलवे, और घुटने और फिल्लियाँ। घुटनों के पास मैल नहीं जमी थी, फिर भी वह अँगूठे से उन्हें मलती रही। ऊपर सरक आयी साड़ी का कोर भीग गया था, उसे निचोड़ लिया। आस-पास कोई नहीं है, और अन्धेरा है। अन्धेरे के सिवा आसपास कोई नहीं है। झील के किनारे-किनारे फूलों की झाड़ियाँ हैं, फिर लाल सुर्खी और पत्थर के कंकड़ों की पगडंडी है। पगडंडी पर कोई आदमी नहीं चल रहा है। कई औरतें काफ़ी दूर बैठी हैं और जोर-जोर से अपने बच्चों और अपने नौकरों की बातें कर रही हैं।

सोनाली ने अपने आप को देखा। झील के रुके हुए जल में अपनी छाया देखी। आकाश में चाँद नहीं है। तारे हैं, अनगिनत तारे। इनमें मेरी किस्मत का सितारा कौन-सा है ?

घुटने से ऊपर दायीं जाँघ पर घाव का एक पुराना निशान था। वहाँ का चमड़ा सख्त हो गया था, सिकुड़ गया था। शेफाली के सिवा यह घाव किसी ने नहीं देखा है, सुभाष ने भी नहीं। जयन्त ने नहीं, सोमेश ने नहीं, किसी ने भी नहीं···

और, नदी बहती है। झील का पानी रुका है, और नदी बहती है। सोमेश नहीं आया है, और नदी बहती है। सोनाली नदी है, और नदी बहती है।

सात बजने में कुछ ही मिनट बाकी थे, तब सोमेश आ गया। धुले कपड़ों में बहुत आकर्षक दीख रहा था। आकर्षक और स्फूर्तिवान। बोला—तेरह नम्बर बस के सामने सत्याग्रह चल रहा है। बीस-पच्चीस आदमी गिरफ्तार भी हो गये हैं। वहीं देर हो गई। वक्त पर आ जाना चाहा, मगर, देर हो गई। तुम्हें यहाँ अकेले बैठे डर नहीं लगा ?

नहीं !—सोनाली पाँव ऊपर खींचकर खड़ी हो गई।

•
•
•

कॉफ़ीहाउस में बड़ी भीड़ थी। शनिवार की शाम को भीड़ होना अनिवार्य है। वैसे भी भीड़ रहती है। किनारे की एक टेबुल पर मिसेज़ रायचौधुरी बैठी थीं। रनजीत बाबू भी थे। ठाकुर का इन्तज़ार किया जा रहा था। ठाकुर आएँगे, तो बातें जमेंगी। खजुराहो की मूर्तियों में इतनी नग्नता क्यों है ? यौन-संभोग के दृश्यों की इतनी प्रधानता क्यों है ? डाक्टर तालुकेदार की पत्नी एडवोकेट मजुमदार के लड़के के साथ पेरिस क्यों चली गई है ? इतिहासकार टॉयनबी भारत क्यों आ रहा है ? पेलिकन का फाउन्टेनपेन-इंक बाजार से गायब क्यों हो गया है ? 'विश्वरूपा' में कौन-सा नाटक चल रहा है ? 'एल मोरेको' में आज कौन औरत गा रही है ? एज़रा पाउन्ड के कैन्टोज़···ब्लैक कॉफ़ी की तेज़ गन्ध···बर्मी सिगार का धुआँ···बातें और बातें···

मिसेज़ रायचौधुरी प्रेमिका हैं। ठाकुर और रनजीत की प्रेमिका। ठाकुर और

रनजीत की ही नहीं, किसी की भी प्रेमिका। शास्त्रीय प्रेमिका। उनका अंग-प्रत्यंग जैसे रीतिकालीन कवियों के नायिका-वर्णन को ध्यान में रखकर बनाया गया है। बड़ी पलकों वाली लम्बी आँखें हैं। भुज-वल्लरियाँ हैं। तपे हुए सोने-सा वर्ण है। कृशांगी हैं। कमर है ही नहीं। है भी, तो लगता नहीं है कि है। आवाज़ इतनी पतली है कि बगल की कुर्सी पर बैठी हुई बोलती हैं तो लगता है, कहीं दूर, बहुत दूर कोई उदास झरना बह रहा है। नितम्बों पर पैड व्यवहार करती हैं। हो सकता है, नहीं भी करती हों, मगर कटि और नितम्ब में कोई अनुपात नहीं है। नितम्ब शास्त्रीय ढंग से कालिदास के 'कुमार संभव' की असंभव नायिका का है। अगर अनुपात है, तो नितम्ब से वक्षस्थल का अनुपात मार्मिक, अर्थात् मर्मघातक है। मगर, इतनी बातों के बावजूद भी, मिसेज़ रायचौधुरी को देखकर नहीं लगता कि वे राधा रानी या कम-से-कम मीराबाई भी हैं। वे सिल्वाना मैनगानो या सोफिया लोरेन ही लगती हैं। बाब्ड केश, सुर्ख लिपिस्टिक, नई डिज़ायन का थ्री-पीस वस्त्रखण्ड, और, नपे-तुले क़दमों की सीधी और तेज़ और नपी-तुली चाल। मिसेज़ रायचौधुरी गजगामिनी नहीं हैं, अश्वगामिनी हैं।

ठाकुर का कथन है कि उनकी उम्र तीस से अधिक नहीं है। रनजीत कहते हैं, पचीस से एक साल भी ज़्यादा नहीं हो सकता। मिसेज़ रायचौधुरी स्वयं कहती हैं, सत्ताईस वर्ष पूरे हो चुके हैं, जनवरी से अट्ठाईसवाँ शुरू हुआ है, और फिर, मुस्कुराती हुई कहती हैं, आठ-दस साल तो हर औरत चुरा लेती है। वे तीन-चार साल से ऐसा ही कहती आ रही हैं। और, उन्हें देखकर तो उनकी उम्र की याद ही भूल जाती है, और यही लगता है कि कॉफ़ी हाउस हो, और मिसेज़ रायचौधुरी हों, और कलकत्ते की शाम बीती जा रही हो।

मिस्टर रायचौधुरी के बारे में कोई कुछ नहीं जानता है। यह भी नहीं कि वे इस दुनिया में हैं भी, या नहीं। पूछे जाने पर वे कहती हैं—ही गेव मी ए टाइटिल टु बियर आन माइ नेम, एण्ड ही गेव मी ए डाटर टु बियर इन माइ ऊम्ब, एन्ड हिज़ ड्यूटी वाज़ फिनिश्ड। उसने मुझे नाम के बाद धारण करने को एक उपाधि दी, और उसने मुझे गर्भ में धारण करने को एक

कन्या दी, और उसका कर्त्तव्य समाप्त हो गया।

एक टाइटिल, और एक लड़की, औरत को और क्या चाहिए ?—पूछे जाने पर मिसेज़ रायचौधुरी पूछती हैं, और इसके बाद कोई सवाल पूछने का किसी को साहस नहीं होता। रनजीत ने, या ठाकुर ने उनसे उनके पति के बारे में कभी कोई सवाल नहीं पूछा, इसलिए वे इन दोनों की दोस्त हैं। साथ कॉफ़ी पीती हैं। साथ सिनेमा देखती हैं। साथ क्लब जाती हैं। साथ शराब पीती हैं, और जब नशा तेज़ होने लगता है तो ठाकुर से या रनजीत से कहती हैं—मुझे घर पहुँचा दो, और दोनों में से कोई टैक्सी या रनजीत की कार में बैठाकर पार्क सर्कस की एक बड़ी कोठी के दरवाज़े तक छोड़ आता है और ऊपर जाने वाली सीढ़ियों की रेलिंग पकड़ती हुई वे पुकारती हैं—बाइ-बाइ रनजीत···बाइ-बाइ ठाकुर ! इति।

रनजीत या ठाकुर कभी उनके फ्लैट में नहीं गये हैं। जाने की आवश्यकता ही नहीं पड़ी है, क्योंकि, आवश्यकता नहीं पड़ी है कि कमरा हो, और अन्धेरा कमरा हो, और अन्धेरा कमरा अन्दर से बन्द हो। मिसेज़ रायचौधुरी प्रेमिका हैं, शास्त्रीय शब्दों में जिसे 'उपपत्नी' या 'मिस्ट्रेस' कहते हैं, वह नहीं हैं। उनकी लड़की, मित्रा रायचौधुरी दिल्ली के किसी गर्ल्स कालेज में पढ़ती है। छुट्टियों में भी माँ के पास नहीं आती। रनजीत या ठाकुर ने कभी उसे देखा तक नहीं है, सिवा उन फोटोग्राफ़ के, जो मित्रा अक्सर अपनी माँ को भेजती रहती है।

मैं मित्रा को यहाँ कैसे बुलाऊँ ? वह देखना चाहेगी, माता-पिता का पारिवारिक जीवन ! वह माँ का और पिता का वात्सल्य पाना चाहेगी ! मैं कहाँ से, क्या दे सकूँगी उसे ? सारा दिन डलहौजी और चौरंगी और पार्क स्ट्रीट के दफ्तरों में दौड़ती रहती हूँ। शाम को कॉफ़ी-हाउस है, और 'ब्रिस्टल' और 'इसाइयॅक' और 'ड्रीमबोट' के बार-हाउस हैं। मैं ओठों पर शराब की दुर्गन्धि और आँखों में शराब की निर्लज्जता लपेटे हुए, रात के ग्यारह-बारह बजे घर पहुँचूंगी, तो वह क्या कहेगी ? वह क्या कहेगी, और क्या सीखेगी ?

—विमल ठाकुर से या रनजीत बाबू से वे कहती हैं, और अचानक बहुत गम्भीर हो जाती हैं। अक्सर गम्भीर हो जाती हैं। मगर, तुरन्त ही हैंडबेग से गोल्ड फ्लेक सिगरेट का डिब्बा निकालती हैं, और धुएँ के जन्म के साथ-साथ ही उदासी की मृत्यु हो जाती है। मिसेज़ रायचौधुरी मुस्कुराने लगती हैं, और कहती हैं—मैं अकेली ही नहीं, हम सभी टूटे हुए दरख्त हैं, रनजीत ! हमें चीरकर पढ़ने-लिखने के लिए टेबुल-कुर्सियाँ बनाई जा सकती हैं, चेहरा देखने के लिए आदमक़द शीशों के फ्रेम बनाये जा सकते हैं, मगर हमसे किसी कली की, किसी फूल की, किसी गन्ध की आशा करना पागलपन है !

पागलपन है ! कुछ भी आशा करना पागलपन है। मुझसे ही नहीं, मेरे और ठाकुर और मिसेज़ रायचौधुरी जैसे व्यक्तियों से ही नहीं, दुनिया के किसी भी देश के किसी भी व्यक्ति से कुछ आशा करना व्यर्थ है। रनजीत का दिमाग़ समय की अनजानी घाटियों में भागने लगता है।

जिसने गन-पाउडर का आविष्कार किया, उसकी बात न भी की जाए, तो हमें आइन्स्टीन से ही क्या मिला ? थ्योरी ऑव रिलेटिविटी से क्या मिला ? हमें एटमी अस्त्रों की भयानकता मिली है, मृत्यु का आतंक मिला है; हिरोशिमा-नागासाकी के ध्वंसावशेष मिले हैं। और, मार्क्स-एंगेल्स से ही क्या मिला ? रोटी मिली है, लेकिन यह रोटी कितनी महँगी है ? हम आदमी नहीं रह गये हैं, स्टील और लोहे की मशीन बन गये हैं। हमने अपनी स्वतन्त्रता बेच दी है, अपनी नैतिक चिन्ताएँ बेच दी हैं, अपना अस्तित्व बेच दिया है। तो फिर, आइन्स्टीन नहीं और मार्क्स नहीं, बर्नार्ड शा या बर्ट्रेन्ड रशेल भी नहीं, तो क्या ? तो किससे आशा की जाए ? किससे आशा की जाए ? उनसे, जो हंगरी को अपने फौजी बूटों के तले कुचल देते हैं ? उनसे, जो साउथअफ्रीका में वर्ण-भेद के अमानवीय आधार पर आदमी को कुत्तों की ज़िन्दगी बसर करने को मजबूर करते हैं ? उनसे, जो हमारी कला, और संगीत और साहित्य और संस्कृति की सारी अभिव्यक्तियों को नष्ट करके, हम पर सिनेमा के बड़े-बड़े पोस्टरों में खड़ी, नंगी लड़कियों की

कतारें लाद देते हैं ?

तो, किससे आशा की जाए ? क्या आशा की जाए ? किसलिए ? रनजीत बाबू को अपने सवालों का कोई उत्तर नहीं मिलता है, और वे कोई भी दूसरी बात सोचने का प्रयत्न करते हैं। और कुछ नहीं तो यही कि पूरबी सीता को किसी भी अनजाने मर्द के साथ जाने देती होगी, तो उसे कैसा लगता होगा ?

विमल ठाकुर ने अपना फोलियो-बैग टेबुल पर पटका और बैठते हुए बोले—देर हो गई। हैरीसन एन्ड गैनीसन कम्पनी के दफ्तर में विज्ञापन के लिए बैठना पड़ गया। खैर, कॉन्ट्रैक्ट पर दस्तखत हो गया है। 'द स्टाइल' को साल भर के लिए तीन हज़ार रुपये मिल गए।

पास से गुज़रते हुए बेयरे से मिसेज़ रायचौधुरी ने कहा—तीन कॉफ़ी ले आओ। ठंडा लिकर मत लाना।

•
•
•

बहुत साधारण-सी घटना है। शहरी जिन्दगी में इस तरह की घटनाएँ रोज होती रहती हैं। किसी मुहल्ले के बंगालियों और बिहारियों में इस बात के लिए दंगा हो जाता है कि कोई बिहारी नौकर किसी बंगाली मालकिन के जेवर चुराकर भाग जाता है, और बंगाली मालकिन कह देती है कि सारे बिहारी चोर होते हैं। किसी मुहल्ले में कोई टैक्सी किसी ठेलागाड़ी में

धक्का मार देती है, और तब, सैकड़ों ठेलेवाले जमा होकर आती-जाती टैक्सियों पर हमला करने लगते हैं। किसी मुहल्ले में मकान मालिक और किरायेदार का झगड़ा बढ़ते-बढ़ते मकान तक ही सीमित नहीं रहता (और, वैसे भी एक-एक मकान में ही तो पाँच-पाँच सौ मनुष्य निवास करते हैं!), पूरी गली और पूरे मुहल्ले में फैल जाता है।

तेरह नम्बर बस बन्द होने का असर पूरे शहर पर नहीं पड़ा है। कभी-कभी अख़बार में अधीर मित्तिर का कोई भाषण छप जाता है। कभी स्थानीय समाचारों वाले पृष्ठ पर खबर छप जाती है कि आज टालीगंज ट्राम-डिपो के पास पिकेटिंग करते हुए, दस या पन्द्रह मर्द और दो या चार औरतें पकड़ी गईं। कभी-कभी पत्राचार के कालम में तेरह नम्बर बस के बन्द होने से कितनी असुविधा हो रही है, इस बात पर पत्र आ जाते हैं।

लेकिन, मछलीबगान, मूर एवेन्यू, चंडी-तल्ला, चंडी घोष रोड, वायरलेस एरिया के रहने वालों के लिए यह घटना चीन द्वारा भारत सीमा पर किये गये आक्रमण से कम महत्त्व नहीं रखती है। क्योंकि, इस घटना का उनके जीवन पर सीधा असर पड़ता है।

ट्राम-डिपो के पास बस और ट्राम में इतनी भीड़ होती है, इतनी भीड़ होती है कि नौ बजे सुबह से साढ़े दस बजे तक बस-ट्राम पर चढ़ सकना, एवरेस्ट विजय से कम कठिन नहीं है। मतलब, साढ़े सात बजे सुबह घर से विदा हो जाइए, आठ बजे बस पकड़िए, तभी वक्त पर दफ्तर जा सकते हैं। नौकरी-पेशा लोगों के लिए यह मुसीबत साधारण नहीं है।

और औरतें? औरतें दफ्तर जाती हैं, दूकानों में काम करती हैं, स्कूल-कालेज में पढ़ती हैं। घर में रसोई बनाती हैं, पति और बच्चों को खाना खिलाकर, खुद खाती हैं, कपड़े पहनती हैं, पाउडर-स्नो लगाती हैं, और तब दफ्तर के लिए विदा होती हैं। कैसे संभव है कि वे सात बजे सुबह मछलीबगान से चल दें, और ट्राम-डिपो के पास खड़ी ट्राम-बस की प्रतीक्षा

किया करें।

औरतों के लिए इतनी ही बात नहीं हैं। बड़ी बात बस-ट्राम के अन्दर की भीड़ है। अंग-अंग कुचल जाता है। पुरुष स्वभाव से ही स्पर्शप्रिय होते हैं। नागरिक स्त्रियों की त्वचा भी साधारणतः कोमल होती है।

तेरह नम्बर बस का बन्द होना सामाजिक घटना है। इसमें राजनीति-चक्र नहीं है। मगर, समाजतन्त्र इस कदर राजनीति का अनुगामी हो गया है, कि यह घटना किसी अंश में सामाजिक नहीं रही। 'जन-समिति' में दो दल हो गये हैं, समाजवादी दल और साम्यवादी दल। समाजवादी दल का कहना है, स्टेट ट्रान्सपोर्ट वालों से समझौता कर लिया जाए। स्टेट ट्रान्स-पोर्ट के अधिकारियों का कहना है कि तेरह नम्बर बस का किराया बढ़ा दिया जाए और जनता के प्रतिनिधि, यानी जन-समिति इसे स्वीकार कर ले, तभी बस मछलीबगान डिपो तक जाएगी। मछलीबगान से एस्प्लेनेड का किराया है सोलह नया पैसा। ट्रान्सपोर्ट विभाग इसे करना चाहता है बीस नया पैसा। समाजवादी दल का विचार है, अठारह नया पैसा पर समझौता कर लिया जाए। साम्यवादी दल का निर्णय है, कोई समझौता नहीं। सोलह नया पैसा से एक नया पैसा किराया नहीं बढ़ाया जाएगा। और मछली-बगान तक बस को आना ही होगा।

इन दोनों दलों के अलावा एक दल और भी है, रिक्शा-यूनियन। तेरह नम्बर बस के बन्द होने से रिक्शा वालों को बड़ा फ़ायदा हुआ है। मछली-बगान से ट्राम-डिपो तक जाने-आने का रिक्शा-भाड़ा है आठ आना, या पचास नया पैसा। यानी, पचीस नया पैसा प्रति पसेंजर। रिक्शे पर दो आदमी बैठ सकते हैं। आफिस जाने के वक्त मछलीबगान और ट्राम-डिपो के बीच लगभग सौ रिक्शे चलते हैं।

अगर, फिर बस मछलीबगान तक आने लगी तो इन रिक्शे वालों की बँधी-बँधायी आमदनी बन्द हो जाएगी। सिर्फ रिक्शेवालों की ही नहीं, उन

बनियों की भी आमदनी, जिन्होंने नये-नये रिक्शों से टालीगंज के इस हिस्से की सड़कें पाट दी हैं। पूँजी लग चुकी है, और उसका दो-सौ चार-सौ गुना मुनाफ़ा भी नहीं मिला, तो पूँजी लगाने का फ़ायदा ही क्या !

इसीलिए दो दल हैं—समाजवादी दल और साम्यवादी दल। साम्यवादी दल के दो हिस्से हैं, एक हिस्सा जन-समिति में है, और दूसरा हिस्सा रिक्शा-यूनियन में।

तीन-चार दिन पहले स्टेट-ट्रान्सपोर्ट के कुछ अधिकारियों के साथ अधीर मित्तिर और जयसिंह और सोमेश गांगुली तथा कुछ अन्य व्यक्ति मिले थे।

ट्रान्सपोर्ट कमिश्नर ने कहा—हमें कोई एतराज़ नहीं है। मगर, आप लोग वादा कीजिए कि भाड़ा बढ़ाने की बात को लेकर शोरोगुल नहीं मचाएँगे, बस-डिपो फिर जलाने पर उतारू नहीं हो जाएँगे। भाड़ा इसलिए बढ़ा रहे हैं कि हम लोगों के स्टेज-सिस्टम के हिसाब से एस्प्लेनेड का बीस नया पैसा ही होता है। पहले सोलह इसलिए लेते थे कि हमें प्राइवेट बसों से कम्पिटीशन था। अब हम पूरे शहर में स्टेज-सिस्टम के अनुसार प्रति मील के हिसाब से एक ही भाड़ा लेने की सोच रहे हैं।

अधीर मित्तिर ने कहा—आपका कहना आपकी दृष्टि से सही हो सकता है। हम जनता की दृष्टि से बात करते हैं। सोलह से एकदम बीस नया पैसा कर देना अन्याय होगा।

कमिश्नर ने कहा—बीस नहीं हो, उन्नीस हो, इसमें जनता को कोई विशेष लाभ नहीं है। क्योंकि, हम सात नया पैसा स्टेज का और नौ नया पैसा स्टेज का किराया नहीं बढ़ा रहे हैं। आप सोच लीजिए। उन्नीस नया पैसा एस्प्लेनेड का करवाएँगे, तो मछलीबगान से ट्राम-डिपो का आठ हो जाएगा, ज्योति सिनेमा का दस हो जाएगा···

मगर, तभी साम्यवादी दल के निर्मल चौधरी ने टेबुल पर हाथ पटकते हुए

कहा—आप तो बनियों की तरह बातें करते हैं। हम लोग एक नया पैसा ज्यादा भाड़ा नहीं देंगे। आपको बसें चलानी हों, चलाइए, नहीं तो हमारा सत्याग्रह चल ही रहा है। हम लोग गांधीजी के रास्ते पर चल रहे हैं, हमारी विजय होगी ही।

साम्यवादी दल जन-समिति में भी है, रिक्शा-यूनियन में भी है, रिक्शा-ओनर्स-यूनियन में भी है।

शेफाली

सड़कों पर गाड़ियों की बड़ी भीड़ थी, फिर भी टैक्सी की रफ्तार काफ़ी तेज़ थी। खिड़की पर बाँह डाले, सोनाली बाहर देख रही थी। सोच रही थी। सोमेश ने कहा, मैं आ गयी। तीन घंटों तक विक्टोरिया-मेमोरियल में इन्तज़ार करती रही। क्यों आयी मैं? क्यों सोमेश ने बुलाया? स्वयं क्यों आया, इतनी देर से क्यों आया? और, अब कहता है, बालीगंज-लेक चलो। लेक क्यों जाऊँ? रात के आठ बज रहे हैं, अब लेक क्यों जा रही हूँ?

टैक्सी पर चढ़कर शेफाली दीदी जाती थी। मैं भी टैक्सी पर जा रही हूँ। क्या हर लड़की का जन्म टैक्सी पर जाने के लिए ही होता है?

मैंने दीदी का जाना छुड़वा दिया था। जयन्त भाई ने छुड़वा दिया था। मगर, क्या फ़ायदा हुआ? जयन्त भाई के लिए, मेरे और सुभाष के लिए, खुद शेफाली दीदी के लिए पैसे चाहिए थे। मैं जानती थी, दीदी चोरी-चोरी सारा दिन कहाँ गायब रहती है। मैं डरती थी, इस बार बीमार हुई तो

दीदी बचेगी नहीं। मैं सिर्फ दीदी की मौत से डरती थी। दीदी मर जाएगी तो मेरा क्या होगा !

मगर, शेफाली मरी नहीं। बीमार भी नहीं हुई। विमल ठाकुर ने कहा—जयन्त को मेरे दफ्तर भेज देना।

उसके पास स्टेनोग्राफी सर्टिफिकेट था। मेसर्स माडर्न ट्रेडर्स प्राइवेट लिमिटेड में एक सौ पचास रुपये की नौकरी मिल गयी। जयन्त ने विमल ठाकुर को प्रणाम किया, और कहा—विमल दादा, आप मनुष्य नहीं हैं, देवता हैं !

शेफाली ने सिर पर आँचल ओढ़ा, और कहा—आपके लिए ही हिल्सा मछली बनायी है। आज तो बिना भोजन कराये जाने नहीं दूंगी।

सुभाष और सोनाली बरामदे में खड़े थे। सुभाष खड़ा था, और सोनाली उसके हाफपैन्ट में बटन टाँक रही थी। सुभाष बोला—नहीं सोनाली, विमल बाबू देवता नहीं हैं। ज़रूर कोई स्वार्थ से हमारे घर आते हैं। देखती नहीं हो, रनजीत बाबू दीदी से क्या-क्या बातें करते रहते हैं।

चुप कर, सुभाष ! इतना बड़ा लड़का है, और अभी से लोगों को पहचानने लगा।—सोनाली ने डाँट दिया।

सोनाली ने और शेफाली ने सोचा कि अब सभी कुछ ठीक-ठीक चलने लगेगा। सौ रुपया खर्च करेंगे, पचास रुपया बचा कर रक्खेंगे। इस मुहल्ले में नहीं रहेंगे। अब हम लोग रिफ्यूजी नहीं हैं, शरणार्थी नहीं, वस्तुहारा नहीं हैं, आदमी हैं।

जयन्त खिदिरपुर में एक कमरा भी देख आया। एक कमरा और बरामदे में रसोईघर। किराया तीस रुपया। शेफाली कैम्प में रहती-रहती ऊब गयी थी। तय हुआ कि कमरा ले लिया जाएगा। बड़ा कमरा है, टाट का टुकड़ा

टाँगकर दो कमरा बना लिया जाएगा ! एक में सुभाष और सोनाली, दूसरे में शेफाली और जयन्त।

मगर, उस रात शेफाली जगी हुई थी। आँखें बन्द किये लेटी थी, सोच रही थी, सुभाष अब तक नहीं आया। कहाँ रात बिताएगा ? सर्दियों की रात, और देह पर स्वेटर तक नहीं है। जाड़े में ठिठुरकर मर जाएगा। शेफाली आँखें बन्द किये थी, और सोच रही थी।

बड़ी रजाई में पति-पत्नी थे। छोटी में सोनाली लिपटी पड़ी थी।

जयन्त ने उठकर पानी पिया। फिर लेट गया। शेफाली ने कहा—नहीं ! नहीं! सोनी जगी हुई है। और, मेरी तबीयत ठीक नहीं है। सारा दिन देह गरम थी।

जयन्त ने रजाई से सिर बाहर निकालकर देखा, कमरे में अन्धेरा था। सिरहाने से माचिस और सिगरेट निकाला, और बन्द कमरे को धुएँ से भरने लगा।

शेफाली ने सोने की कोशिश की। शेफाली लगभग सो चुकी थी। मगर, स्वभाव से ही वह सतर्क थी। बिल्ली की तरह चालाक थी। जब सोनाली की रजाई में गये जयन्त को दो मिनट से ज्यादा हो गये, तो शेफाली ने बहुत शान्त स्वर में कहा—जयन्त, बाहर चले आओ। उठ जाओ। मैं सोयी नहीं हूँ।

शेफाली ने माचिस जलाई। लैम्प जलाया। सिगरेट जलाकर पीने लगी। फिर बोली—तुम्हारा अपराध नहीं है, जयन्त। मेरा अपराध है। मैं बुखार में थी, और मुझे सोनाली से शर्म आ रही थी, यही मेरा अपराध है। मगर, मेरी बहन कैसे इतनी बेशर्म हो गई ?

जयन्त रजाई से बाहर आकर अपनी रजाई में घुसने की कोशिश कर रहा

था, । मगर, शेफाली गरजी—सोने का बहाना मत करो। उठ जाओ। मैं अभी फैसला करती हूँ। तुमसे नहीं, अपनी बहन से। जिसे मैंने अपनी देह बेच-बेचकर पाला-पोसा है, खाना खिलाया है, कपड़ा-लत्ता दिया है। मुझे अपनी बहन से फैसला कर लेने दो···

सोनाली उठकर खड़ी हो गई, बोली—दीदी, चिल्लाओ मत। बेकार मुहल्ला जगाने से क्या फ़ायदा है। मैं अभी तुम्हारे घर से चली जाती हूँ। अब कभी लौटकर नहीं आऊँगी। इसलिए नहीं जा रही हूँ कि तुम पर मुझे गुस्सा आता है, या जयन्त भाई पर गुस्सा है। बल्कि इसलिए कि मैं रहूँगी, तो जयन्त भाई मेरी रजाई में सोना चाहेंगे। मैं सोना चाहूँ, या नहीं, इससे कोई फ़र्क नहीं पड़ता है। मैं तुम्हारी और उनकी आश्रिता हूँ, इसीलिए। वे रुपये कमाते हैं, इसीलिए तुम भी उन्हें नहीं रोक सकोगी···

ठीक है, तू चली जा सोनी ! फिर कभी लौटकर नहीं आना ! सुभाष शायद, चला ही गया है, तू भी चली जा—शेफाली चीखती रही, रोती रही, और सोनाली चली गई।

किसी ने उसे रोका नहीं। वह रात के पहनने की गन्दी और फटी हुई फ्राक पहने थी, वही पहने कमरे से बाहर हो गई। अन्धेरे में गुम हो गई।

बेहाला रिफ्यूजी कॉलोनी की सोयी हुई सड़क पर आकर वह रुकी। लौट जाने की इच्छा से नहीं, इस चिन्ता से कि वह किधर जाए। शेफाली कुछ भी थी, बहन थी। मगर लौटना तो नहीं हो सकता है। लौट भी जाए, तो शेफाली हर वक्त घर में नहीं रहती है। फिर, जो खुद अपना शरीर बेचती रही है, वह दूसरों के शरीर की क़ीमत क्या जानेगी···

बालीगंज झली के किनारे, ओवरब्रिज के पास टैक्सी रुकी। ओवरब्रिज के ऊपर आकर सोनाली झील के विस्तार को देखने लगी। हवा तेज़ चल रही थी और घायल पक्षी के पंखों की तरह उसकी साड़ी का आँचल

फड़फड़ा रहा था।

टैक्सी में कितनी बार तुम्हें टोका, तुम बोली नहीं। क्या सोच रही हो? मेरे साथ आने का दुःख है तुम्हें?—सोनाली झील के विस्तार को भूलकर, सोमेश की आँखों में देखने लगी। फिर आँचल समेटती हुई बोली—तुम्हारी बात नहीं सोच रही थी! तुम्हारे साथ आने के बारे में भी नहीं। कुछ लोग जा रहे थे!—वह ब्रिज की रेलिंग में सट गई। सोमेश को गुस्सा आ गया। पिकेटिंग छोड़कर इसके साथ शाम बिताने आया हूँ, और यह है कि रोनी सूरत बनाए झील देख रही है। जैसे पहले कभी इधर आयी ही नहीं हो।

देखो सोनाली, मुझे पता नहीं तुम क्या सोच रही हो। मगर, यह तय है कि मैं तुम्हारे ही बारे में सोच रहा हूँ। सिर्फ अभी ही नहीं, हरदम सोचता रहा हूँ। सारे दिन, सारी रातें। और तुम हो, कि मुँह फुलाये खड़ी हो। क्यों नहीं कहती हो, क्या बात है?—सोमेश की बात सुनकर उसने सिर घुमा लिया और ओवरब्रिज के पार छोटे से द्वीप के अन्धेरे में बैठे लोगों को देखने लगी। पुरुष-स्त्रियों के तीन-चार जोड़े। कबूतरों के ये जोड़े क्या सुखी हैं? क्या घर पर इनका बच्चा रो नहीं रहा है? या, इनके बच्चे हैं ही नहीं? या, ये पति-पत्नी भी नहीं हैं? मेरी ही तरह हैं, मुहल्ले के किसी मन पसन्द लड़के के साथ चलीं आयी हैं? या, मेरी तरह भी नहीं, शेफाली दीदी की तरह हैं?

सोनाली, मैं तुम्हारे बारे में सोचता हूँ, तो लगता है, मैं किसी खाली और अँधेरे मकान में दौड़ रहा हूँ। मकान में हजारों कमरे हैं और तुम किसी-न-किसी कमरे से चीख रही हो, मेरा ही नाम लेकर चीख रही हो। मैं हर कमरे में दौड़ रहा हूँ, और तुम्हारी चीख हर अगले कमरे से आ रही है। तुम किस कमरे में हो। सोनाली?—सोमेश गांगुली ने पूछना चाहा, मगर पूछने से क्या फ़ायदा है, यह सोचकर वह चुप रह गया। बहुत देर तक चुप रहा। सोनाली कुछ बोलेगी, यही सोचता रहा। सोनाली नहीं बोलेगी।

क्योंकि, वह उस रात की बात सोच रही है, जब उसने श्यामा मासी का दरवाज़ा खटखटाया और भीतर जाकर बोली—मासी, अब मैं तुम्हारे ही पास रहूँगी। जो कहोगी, वही करूँगी। मगर, तुम्हारे ही पास रहूँगी। बहन के यहाँ नहीं रहूँगी···

बिना कहे ही, श्यामा मासी सारी बातें समझ गईं। कितनी ही लड़कियाँ उन्हें ऐसी घटनाएँ सुना चुकी हैं। बहनोई की घटनाएँ, भाई की घटनाएँ, पति की घटनाएँ, पिता की घटनाएँ—इन्हीं हजारों-लाखों-करोड़ों घटनाओं की कतार में सोनाली की भी एक घटना है।

बोलीं—तुम्हारा घर है, तुम यहीं रहो, सोनी! मगर, एक-दो दिन से ज्यादा नहीं रह सकोगी। मैं अच्छी औरत नहीं हूँ, पेट के लिए मुझको तरह-तरह का रोज़गार करना पड़ता है।

—मैं जानती हूँ, मासी, मुझे सब मालूम है। बीच-बीच में शेफाली दीदी यहाँ क्यों आती है, यह भी मालूम है। और मैं तो दीदी से ज्यादा सुन्दर हूँ, तुमको ज्यादा पैसा मिलेगा, मासी!

—तू पगली हो गई है, सोनी? मैं तुझसे यह सब कराऊँगी? इतनी बड़ी बच्ची से पैसा कमाऊंगी। अभी तेरी उम्र ही क्या हुई है! तू तो किसी राजा के घर पैदा हुई होती, तभी तेरी सही क़द्र हो सकती थी। मगर, गरीब के घर पैदा हुई, तो इसका मतलब हुआ कि तू दो रुपये चार रुपये के लिए···नहीं, नहीं। तू तो मेरी बेटी की तरह है। जितने दिन चाहे, रह मेरे पास। मेरे जीते कोई तुझे छू नहीं सकेगा। इतनी पापी हूँ मैं, फिर भी वचन देती हूँ···

रात बीत गई। दिन भी बीतने लगा। सोनाली श्यामा मासी के कमरे से मिनट भर के लिए भी बाहर नहीं निकली। दिन भर सोयी रही, और रोती रही। शाम को रनजीत बाबू आये, कुछ ही मिनट बाद विमल ठाकुर

भी आये। कालोनी के बाहर, कार में मिसेज़ रायचौधुरी बैठी थीं।

सोनाली ठाकुर को देखते ही रोने लगी। ठाकुर ने कहा—चलो!

सोनाली को देखकर मिसेज़ रायचौधुरी ने कहा—अरे, यह तो एकदम मित्रा जैसी लगती है। एकदम मित्रा की छोटी बहन लगती है। सोनी बेटी, तुम्हारे माँ-बाप कहाँ रहते हैं?

पिताजी की मुझे याद नहीं है। मेरे जन्म के बाद ही उनका देहान्त हो गया था। माँ मुझे याद है। यहीं रिफ्यूजी कालोनी में ही वह मरी। कालरा हो गया था, अस्पताल भी नहीं जा पायी। दीदी तब चौदह-पन्द्रह साल की थी!—सोनाली उत्तर दे ही रही थी, कि मिसेज रायचौधुरी ने उत्तेजित होकर पूछा—तुम्हें अपने पिता का नाम याद है?

हिमांशु रायचौधुरी। क्यों?—सोनाली ने उत्तर दिया। मिसेज़ रायचौधुरी आँखें मूँदकर कार की पिछली सीट पर में सो गयीं। रास्ते भर एक शब्द भी नहीं बोलीं। बीच-बीच में आँखें खोलकर सोनाली की आँखों में देखती रहीं।

मिसेज़ रायचौधुरी उस दिन मेरी आँखों में क्या देख रही थीं? उसके बाद तो किसी दिन हमारे मकान पर नहीं आयीं। बाबा कहते थे, वे किसी के घर पर नहीं जाती हैं, किसी के भी घर पर नहीं!

मैं मुहल्ले की किसी भी लड़की को लेक चलने को कहता, तो वह फूलकर दुगुनी हो जाती। और एक तुम हो। पत्थर की मूरत! पता नहीं, तुम्हारे दिमाग में किस बात का घमंड है! इन दो बरसों में जो तुम मुझे नहीं दे सकी हो, दो मिनटों में वही चीज मैं मछलीबगान की किसी भी लड़की से पा सकता हूँ। सोनाली!—मगर, सोनाली ने इस बार भी कोई उत्तर नहीं दिया। क्योंकि, वह प्यार की बातें सुनना नहीं चाहती थी। वह सुरक्षा

की बातें सुनना चाहती थी ! अगर, वह ठाकुर के घर से निकलकर सोमेश का हाथ पकड़ ले, तो वह उसे कहाँ ले जायगा ? क्या विश्वास है कि यह हाथ पकड़ना भी उसी तरह नहीं हो जायगा, जैसा जयन्त और शेफाली के साथ हुआ है ? या, जैसा कृष्णा के साथ हुआ है ?

कृष्णा की तरह गले में फन्दा लगाकर मर जाओ, या शेफाली की तरह श्यामा मासी के कमरे में तन का कपड़ा उतारती रहो, क्या और कोई रास्ता नहीं है ? एक तीसरा रास्ता भी है—विमल ठाकुर ! मगर, वह रास्ता नहीं, अन्धेरी गुफा है, और गुफा में कितने साँप हैं, क्या पता···क्या पता···

सोनाली अरक्षणीया है, और हर अरक्षित व्यक्ति सुरक्षा चाहता है। एक घर, एक दरवाजा, दो बाँहें और हिमालय जितना बड़ा दिल चाहता है। और सोमेश सुरक्षा नहीं दे सकता है, तो उसका प्यार लेकर क्या होगा ? सोमेश सुरक्षा नहीं दे सकता है, और ओवरब्रिज के चतुर्दिक अन्धेरा अधिक गहरा हो रहा है, और लोग वापस जा रहे हैं, एकान्त बढ़ता जा रहा है।

सोमेश को ख्वाहिश हुई कि सोनाली की गरदन पर फैले केश हटाकर उसे चूम ले। ख्वाहिश को उसने दबा लिया। ख्वाहिश को उसने दबा लिया और बोला—चलो, झील के किनारे किसी बेंच पर बैठेंगे, और चाय पियेंगे।

चाय ? यहाँ तो कोई 'अनन्त केबिन' नहीं है। तुम्हें चाय कहाँ मिलेगी ?

जेब में पैसा होने से, हर जगह, 'अनन्त केबिन' मिल जाता है। पैसा होने से हर औरत···

हर औरत नहीं, सोमेश ! हर औरत का शरीर मिल जाता है।

आज पहली बार सोनाली ने सोमेश का नाम लिया था। नाम लेते ही उसका शरीर झनझना उठा। ओठ, और जीभ, और गले और सीने की नसों में आग की अजीब-सी लपट फैल गई। सोमेश···सोमेश···सोमेश··· किसी का नाम लेकर पुकारना कितना अच्छा लगता है! नाम लेकर पुकारते ही आदमी कितना अपना बन जाता है, कितना नजदीक आ जाता है, जैसे आदमी कोई खूबसूरत जापानी गुड़िया हो, और उसे कलेजे में सटाकर प्यार कर लिया गया हो।

चतुर्दिक बॉट्ल-पाम के घने दरख्तों का घना जंगल-सा था, और झील के किनारे काठ की कुछ लम्बी बेंचें कतार में पड़ी थीं। पानी के निकट एक बेंच पर सोनाली और सोमेश बैठ गये। पाँच मिनट बाद अठारह-उन्नीस साल का एक लड़का तीस-बत्तीस साल की एक औरत के साथ आया, और दो-तीन पेड़ों की आड़ में रक्खी एक बेंच पर बैठ गया।

माँ-बेटे नहीं हैं। फिर क्या भाई-बहन हैं?—सोनालो ने पूछा।

कोई हों, हमें क्या?—सोमेश को उन दोनों पर तेज़ गुस्सा आ रहा था। फिर एक पुलिस-मैन आया। तीखी लिपिस्टिक और सुर्ख ब्लाउज वाली उस औरत ने अंग्रेजी में पुलिसमैन से बातें कीं। क्या बातें कीं यह सोमेश सुन नहीं सका।

कुछ ही देर बाद एक लड़का दौड़ता हुआ आया। हाथों में चाय के दो खाली कप थे, जिन्हें वह जलतरंग की तरह टन-टन-टन टन-टन बजाये जा रहा था।

दो कप चाय और एक पैकेट कैप्स्टन ले आओ!—सोमेश ने दो रुपये का एक नोट उसे देते हुए कहा।

दो कप चाय और चार बीड़े पान लाओगे. ज़र्दा अलग से लाना!—

लिपिस्टिक और सुर्ख ब्लाउज़ ने कहा। लड़का क्रिकेट के बाल की तेज़ी से भागा।

दो रुपये का नोट दिया है तुमने, पहचानते हो उसे? कहीं रुपया लेकर भाग गया तो? वापस नहीं आया तो!—कुछ-न-कुछ कहना ही चाहिए, यही सोचकर सोनाली ने पूछा। कुछ-न-कुछ उत्तर देना ही चाहिए। गांगुली ने कहा—दस-बारह साल का लड़का है। बेईमानी करना, ठगना, धोखा देना अभी नहीं सीख सका होगा। मिहनत करता है। रेस के घोड़े की तरह दौड़कर उतनी दूर से गर्म चाय लाता है, किसी को धोखा क्यों देगा?

दस-बारह साल का ही था मेरा भाई, सुभाष। चोरी करता था। पाकिट-मारी करता था। उसने धोखा देना कहाँ से सीखा था?

चोरी करना और पाकिटमारी करना क्या धोखा देना है? तुम तो बनियों की तरह बातें करती हो! चोरों और पाकिटमारों जैसे ईमानदार तो कालेजों के प्रोफेसर और कचहरियों के वकील, अस्पतालों के डाक्टर भी नहीं होते। प्रोफेसर लोग विद्या के नाम पर अविद्या बेचते हैं। वकील जान-बूझकर मुजरिमों को बेक़सूर साबित करते हैं। डाक्टर लोग···

कहाँ डाक्टर और कहाँ पाकिटमार···तुम तो पागल हो, सोमेश!—सोनाली हँसी। और, बॉट्ल-पाम दरख्तों के अन्धेरे में उजाला चमक गया। पास के बेंच पर बैठी महिला भी सोमेश और सोनाली की बातचीत पर मुस्कुरायी। उसके साथ का लड़का नहीं मुस्कुराया। वह चुपचाप बैठा था, अन्यमनस्क जैसा। दार्शनिक जैसा। देखने में बहुत सीधा लगता था। बड़ी-बड़ी आँखों में बड़ी निरीहता थी···

चाय आ गई। सोमेश ने चार आने टिप के दिये। उस महिला ने आठ आने दिये। लड़का बारी-बारी से दोनों को सलाम करके चला गया, उसी तरह खाली कपों से जलतरंग बजाता हुआ।

अब देर हो रही है। शायद, आठ से ज्यादा हो रहे हैं। घर पहुँचते-पहुँचते दस बज जाएगा—सोनाली ने कहा। सोमेश चुपचाप सिगरेट पीता रहा, और उन दोनों की तरफ़ देखता रहा।

लिपिस्टिक और सुर्ख ब्लाउज़ ने लड़के को अपने पास खींच लिया, और बोली—पास आ जाओ। दे आर बीज़ी इन देम सेल्व्स। कम क्लोज़र।

सोनाली ने भी देखा। लाज से, गुस्से से, नफ़रत से, या वासना से उसका चेहरा लाल हो गया। कनपटियाँ गर्म हो उठीं। सोमेश का हाथ पकड़ती हुई बोली—चलो ! घर चलो। नहीं तो किसी दूसरी जगह चलो। यह औरत तो बेहया है···

मगर, सोमेश उठा नहीं। सोनाली भी बैठी रही ! नहीं चाहकर भी, दरख्तों की आड़ में पड़ी उस बेंच को देखती रही। उस बेंच पर आग के शोले उठ रहे थे। चारों ओर शोले उठ रहे थे। सोनाली ने आँखें बन्द कर लीं, और दूसरी बातें सोचने की कोशिश करने लगा।

जब मैं ठाकुर और रनजीत बाबू और उस भद्र महिला के साथ न्यू मार्केट में कपड़े खरीदने गई तो वे तीनों इस बात पर बहस करने लगे कि सोनी को कहाँ रक्खा जाए···उस बेंच पर आग के शोले उठ रहे हैं। बाबा ने कहा कि मैं रनजीत बाबू के होटल में नहीं रहूँगी। वहाँ आवारगी होती है—उस बेंच पर आग के शोले उठ रहे हैं। उस भद्र महिला ने कहा कि वह मुझे अभी अपने घर नहीं ले जा सकती है, जब ले जाना होगा, खुद ही कहेंगी···उस बेंच पर आग के शोले उठ रहे हैं। रनजीत बाबू मुझे लैन्सडाउन के किसी परिवार में रखने के लिए साथ ले गये, मगर परिवार की मालकिन ने मना कर दिया,···उस बेंच पर आग के शोले उठ रहे हैं। और, अन्ततः बाबा मुझे अपने साथ ले गये, अपने घर ले गये···उस बेंच पर···

सोमेश ने उसे अपनी बायीं बाँह से जकड़ लिया और चूम लिया। इतनी तेज़ी

से और इतने आकस्मिक ढंग से चूम लिया कि सोनाली अपना चेहरा तक दूसरी ओर घुमा नहीं सकी। और, उसने दूसरी बार चूमा, और अपनी बाँह को और ज़ोरों से कसा, सोनाली फिर भी अपना शरीर और अपने ओठ छुड़ाने का कोई उपक्रम नहीं कर सकी।

इतनी सर्दी थी, फिर भी वह पसीने से भीग गई। उसे लगा कि उसकी ब्लाउज़ फट जाएगी, और उसके स्तन कबूतर की तरह पंख फड़फड़ाते हुए दरबे से बाहर खुले आकाश में उड़ जाएँगे। सोमेश ने अपना दायाँ हाथ नीचे बढ़ाया, और सोनाली की रानें नंगी करने लगा।

सोनाली ने, तब अपना हाथ उसके हाथ पर रखकर उसे रोक दिया, और ज़ोरों से हाँफती हुई (जैसे वह कितने कोस दौड़कर वापस आयी हो!) बोली—तुम इसीलिए मुझे यहाँ लाये हो? इतना ही चाहते हो मुझसे? मुझे भी बगल की बेंच पर लेटी हुई औरत बनाना चाहते हो!

नहीं! मैं तुमसे शादी कर लूँगा। हम लोग कल ही रजिस्ट्रार के यहाँ जाकर शादी कर लेंगे। मैं तुम्हें बहुत प्यार करता हूँ, सोनी!—सोमेश गांगुली ने एक बार फिर सोनाली को चूम लिया। सोनाली के ओठ जल रहे हैं। पास की उस बेंच की तरह सोनाली का अस्तित्त्व जल रहा था।

तुम घबड़ाओ नहीं, सोनी! भय मत करो। तुम्हारी हालत कृष्णा जैसी नहीं होगी। मैं तुमसे शादी कर लूँगा। मैं तुम्हारे बिना ज़िन्दा नहीं रह सकता। मुझ पर दया करो, सोनी!—गांगुली ने बहुत व्यग्र और बहुत करुण स्वर में कहा।

कृष्णा! सोनाली सोमेश की बाँहें हटाकर उठ खड़ी हुई। कृष्णा! सोनाली ने अपने कपड़े सँभाल लिए। कृष्णा! सोनाली ने बहुत मजबूत और बहुत स्थिर शब्दों में कहा—सोमेश, अभी इसी छन मुझे अनुभव हुआ है कि तुम्हीं कृष्णा की मौत के कारण हो! तुम्हीं उसे ले गये थे, किसी भी अन्धेरे और

एकान्त स्थान में ले गए थे। और, उसे भी तुमने यही बातें कही थीं। कृष्णा मेरी सहेली थी। मैं जानती हूँ, वह वेश्या नहीं थी, बहुत पवित्र चरित्र की लड़की थी। तुम्हें छोड़कर पूरे मछलीबगान में किसी को इतनी शक्ति नहीं है कि उसे अपने साथ ले जा सकता?

मैं ही था, तो क्या हुआ? वह तो विधवा थी। उससे मैं शादी कैसे कर सकता था? क्या पता, वह मेरे अलावा कितनों के साथ गई थी? तुम्हारी और कृष्णा की बात एक नहीं है।

एक ही है, सोमेश बाबू! मेरी और कृष्णा की, और दुनिया की सारी औरतों की बात एक ही है। औरत ही क्या, जिस किसी को भी सहारे की जरूरत है, सबकी बात एक ही है। ख़ैर अब घर चलो। रात बीती जा रही है। विमल ठाकुर मेरी प्रतीक्षा कर रहे होंगे···मैं उनसे शादी कर लूंगी, सोमेश!

पास की बेंच की महिला अब उठकर खड़ी हो चुकी थी, और पान चबाती हुई, अपने साथ के लड़के से कह रही थी—चलो घर चलो! बहुत देर हो गई है। चलोगे, या मैं जाऊँ?

लड़का बेंच के किनारे बैठा था, और झील की तरफ़ देख रहा था, जैसे झील में भूत-प्रेत नाच रहे हों। सोनाली और सोमेश के पास से गुज़रते हुए लड़के ने सिर झुका लिया, और औरत मुस्कुराई और मुस्कुराती हुई चली गई।

•
•
•

तेरह नम्बर बस के चलने, नहीं चलने की बात अब अधीर मित्तिर के बस की नहीं रह गई है। साम्यवादी दल का निर्मल चौधरी सबसे आगे आ गया है। जन-समिति, रिक्शा-यूनियन, रिक्शा-ओनर्स-यूनियन, हर जगह साम्यवादी दल है, हर जगह निर्मल चौधरी है।

उस दिन एक वारदात हो गई।

शाम होने लगी थी, और अचानक बहुत जोरों से पानी बरसने लगा था। दस मिनट भी लगातार पानी बरसे तो ट्राम-डिपो से आदिगंगा तक आने वाली सड़क पर पानी जम आता है। पानी जम रहा था।

मछलीबगान स्टेशनरी स्टोर्स के मालिक, हरबंस बाबू ट्राम-डिपो के पास टैक्सी से उतरे। टैक्सी में उनकी पत्नी थी, और मात्र आठ दिन की उम्र का नवजात शिशु था। हरबंस बाबू पत्नी को मैटर्निटी होम से वापस ला रहे थे। टैक्सी वाले ने कहा—आगे नहीं जाएगा। रास्ते पर पानी जमा है, टैक्सी आगे नहीं जाएगा।

पत्नी और बच्चे को बड़े एहतियात से उतारकर हरबंस बाबू पास के चायखाने में ले आये। पानी का बरसना रुकेगा नहीं। बच्चे को ठंड लग जाएगी। बच्चे की माँ को सर्दी लग जाएगी। मगर, पैदल तो कैसे जाएँ!

सड़क के किनारे तीन-चार रिक्शे लगे थे, रिक्शे वाले चायखाने में बैठे चाय पी रहे थे, बीड़ी टान रहे थे, हँसी-मज़ाक कर रहे थे। हरबंस बाबू ने एक रिक्शेवाले से कहा। दूसरे से कहा। तीसरे से कहा। यहाँ तक कहा कि वे आठ आने के बदले एक रुपया देंगे·· दो रुपया देंगे।

मगर, कोई रिक्शा इस पानी में और इस मौसम में जाने को तैयार नहीं हुआ। किनारे एक बेंच पर बैठी, अपने कलेजे में चिपकाये हुए बैठी पत्नी ने रुआँसी होकर कहा—कुछ कीजिए। किसी तरह घर चलिए। बच्चे को सर्दी लग जाएगी······

एक रिक्शे वाले ने कहा—सड़क पर घुटने भर पानी है। कैसे जाएगा? हमको क्या जान भारी हुआ है?

हरबंश बाबू ने कहा—तुम लोग कमीने हो। रिक्शा क्यों नहीं जाएगा? ले जाने से जरूर जाएगा! मगर, तुम लोग कमीने हो।

दूसरे रिक्शे वाले ने कहा—देखिए, गाली मत दीजिए! रिक्शा हमारा है, हम नहीं ले जाएँगे! आप लोग तो बाबू हैं, रईस हैं···पैदल क्यों नहीं जाते हैं? डूब तो नहीं जाइएगा!

हरबंश बाबू ने कहा—अकेले होने से चले जाते। बच्चा साथ है। कुल सात ही दिन हुए हैं इसको। ज़रा भी सर्दी लग गई तो···। तुम लोगों के दिल में जरा भी दया नहीं है?

पाँच रुपया दीजिएगा?—चारमीनार सिगरेट पीते हुए एक रिक्शे वाले ने पूछा।

हरबंस बाबू की पत्नी ने बच्चे के ओठों में स्तन डालते हुए, झट से कह दिया—हाँ, देंगे। कहाँ है तुम्हारा रिक्शा?

रिक्शा सामने लगा है। आप पहले रुपया हमको दे दीजिए, तब जाएँगे। घर पर ले जाकर झगड़ा कीजिएगा, सो ठीक नहीं है। रुपया पहले लाइए, हम ले जाएगा,—रिक्शे वाले ने अपनी बाँहों और अपने कन्धों और अपने सीने पर रिक्शा यूनियन की ताकत महसूस करते हुए कहा।

बरसात से बचने के लिए कितने ही लोग चायखाने में खड़े थे, और रिक्शा-वालों से हरबंस बाबू की बातचीत सुन रहे थे। कोई कुछ बोल नहीं रहा था। सभी चुप थे। चायखाने का मालिक चुप था। राहगीर चुप थे। और, पानी बरस रहा था। सर्दी बढ़ रही थी। सड़क पर पानी बढ़ रहा था।

मेरे पास यहाँ पाँच रुपये नहीं हैं। चलो, घर ले लेना। नहीं तो, रास्ते में मेरी दूकान पड़ती है, वहीं ले लेना,—हरबंस बाबू ने लगभग पाँव पड़ते हुए कहा।

नहीं जाएगा,—रिक्शा-यूनियन के वीर मजदूर ने उत्तर दिया, और चाय-वाले से बोला—ऐ, एक कप चाय लाओ। चीनी ज्यादा देगा।

चायखाने के एक किनारे सोमेश गांगुली खड़ा था। अकेला नहीं था, विचित्रा क्लब के तीन-चार लड़के थे। सोमेश ने देबू से कहा—जरा मेरा बैग तो पकड़, देबू ! साला···रिक्शा वाला···

और दूसरे ही मिनट पाँच रुपया माँगने वाले रिक्शा मजदूर के मुँह पर तमाचे बरसने लगे। सोमेश ने उसे सँभलने का मौका नहीं दिया। फिर देबू आ गया। वीरेश्वर आ गया। फनी आ गया। नरेश आ गया। दो रिक्शे-वाले के सिर फट गये।

सोमेश ने कहा,—हरबंस बाबू, अपनी मिसेज़ को लेकर रिक्शे पर बैठिए। मैं रिक्शा चलाकर आपको पहुँचा देता हूँ।

मगर, यह घटना यहीं पर रुक नहीं गई। ख़बर मिलते ही निर्मल चौधरी

दौड़ा हुआ आया। रिक्शेवाले जमा हुए। मीटिंग की गई। टालीगंज थाने में रिपोर्ट लिखवाई गई।

मीटिंग विचित्रा क्लब ने भी की। सोमेश ने कहा—सारे झगड़े की जड़ यह निर्मल चौधरी है। इसने रिक्शेवालों का दिमाग़ आसमान पर चढ़ा दिया है।

जन-समिति टूट गई। निर्मल चौधरी ने एलान किया कि जन-समिति में रिऐक्शनरी लोग घुस आये हैं, लुच्चे-लफंगे ! और, तीन-चार दिन के अन्दर ही पुलिस इन लुच्चे-लफंगों को पकड़कर ले गई। सोमेश पकड़ा नहीं गया, कहीं फ़रार हो गया। ठाकुर ने उसे समझाया भी, कि फ़रार होने से फ़ायदा नहीं है, तुम हाज़िर हो जाओ, जमानत करवा लेंगे। केस चलेगा, देखा जाएगा। मगर, सोमेश फ़रार हो गया। वह पुलिस से फ़रार नहीं हुआ, फ़रार हुआ ठाकुर से और ठाकुर के घर में रहती हुई सोनाली से, और अपने आप से। सियालदह से आसाम की तरफ़ जाने वाली ट्रेन पर बैठकर खिड़की के बाहर जमता हुआ अन्धेरा देखता रहकर गांगुली सोच रहा था कि कृष्णा ने गले में रस्सी बाँधकर आत्महत्या कर ली थी !

•
•
•

मिसेज़ रायचौधरी ने सोचा, आज कॉफी-हाउस नहीं जाऊँगी। चुपचाप अपने बिस्तरे में पड़ी रहीं, और सामने दीवार पर फ्रेम में टँगी एक तस्वीर देखती रहीं। तेरह-चौदह साल की एक लड़की की तस्वीर। इटालियन प्रिन्ट का रंगीन फ्राक, फूलदार स्वेटर, नीले रिबन में बँधे हुए, लेकिन हवा में बिखरे

हुए केश। आँखों में मासूमियत आर सिर्फ़ ताज़गी। मिसेज़ सविता राय-चौधरी ने सोचा, यह लड़की शायद वह ख़ुद है। फिर उन्हें शक हुआ। नहीं, यह तस्वीर उनकी नहीं है, यह तस्वीर किसी और की है!

उन्होंने अपने आपसे एक सवाल पूछा—यह मासूम लड़की मिसेज़ राय-चौधरी कैसे हो गई? और क्या अब वह मिसेज़ रायचौधरी भी रह सकी है? नहीं रह सकी है, तो वह क्या रह गई है? क्या हो गई है? ऑस्कर वाइल्ड कहता था—आइ लाइक वूमन हू हैव ए पास्ट! मुझे वही औरतें पसन्द हैं, जिनके पास अतीत है। याद करने को या खोये रहने को, या वर्तमान को भूल जाने को एक अतीत है। प्यार का अतीत। जीवन के समस्त विलास-उपभोग का अतीत। समर्पण स्वीकार करने और समर्पित हो जाने का अतीत।

वे समर्पित हुई थीं। लेकिन, समर्पण ने क्या दिया? समर्पण ने दी इस एकान्त फ्लैट की यह एकान्त जिन्दगी। समर्पण ने दिया डलहौजी स्क्वाएर के इस दफ्तर से उस दफ्तर और इस टेबुल से उस टेबुल चक्कर लगाने का अभ्यास। समर्पण ने दिया अन्धकार।

कितने ही साल पहले की बात है, विमल ठाकुर ने एक बार उनसे कहा था, बड़े ही सीधे और साफ़ शब्दों में कहा था—मुझसे शादी कर लो। हम दोनों ही अकेले हैं, और टूटे हुए हैं!

ठाकुर का समर्पण उन्हें स्वीकार नहीं हुआ था। वे मुस्कुराई थीं, और बोली थीं—शादी किसलिए? बिस्तरे में एक साथ सोने के लिए ही तो, विमल? सो, वह मुझे नहीं चाहिए! मैं बहुत कमज़ोर हूँ, और बहुत फ्रिजिड हूँ।

और, ठाकुर ने फिर कभी नहीं पूछा था। यह भी नहीं पूछा था कि वह उनके फ्लैट में आकर चाय भी पीना चाहते हैं। बात ख़त्म हो गई थी। लेकिन, आज की शाम बीतती जाती है, और दीवार पर खड़ी लड़की के बाल हवा में उड़ते जाते हैं, और मिसेज़ रायचौधरी बिस्तरे की गर्मी में डूबी हुई सोचती

रहती हैं कि उनकी देह इतनी गर्म क्यों है ! बुखार नहीं है, मगर देह गर्म है, और जैसे नसें टूटी जा रही हैं, दिमाग़ फटने लगा है। ऐसा तो कभी नहीं होता था ! ऐसा तो कभी नहीं होना चाहिए···

तेरह या चौदह साल की थी, तभी मिसेज़ रायचौधरी की शादी हुई थी। ढाका के नवाबगंज में उनके पिता रहते थे और शहर के नामी वकील थे। वकील थे, ज़मीन्दार भी थे। सामन्ती जीवन की लम्बी परम्परा थी। हवेली और हवेली की औरतें। नौकरों की कतारें। मुसलमान बावर्ची था, मगर जब तक आदित्यनाथ बाबू की पत्नी जीवित रहीं, बावर्ची कभी रसोई-घर में नहीं जा सका। हवेली से बाहर बैठकख़ाने के पास एक छोटा-सा कमरा था, उसी में बिरियानी और कबाब और रोगनजोश की तैयारी होती रही। मगर, पत्नी शीघ्र ही अपना धर्म-कर्म साथ लेकर परलोक चली गयीं। आदित्यनाथ स्वाधीन हुए। मिसेज़ रायचौधरी भी माँ के अनवरत शासन से मुक्त हो गयीं। मगर, माँ की अन्तिम इच्छा के अनुसार अगले ही वर्ष उनका विवाह कर दिया गया। श्वसुर के ख़र्च से पति महोदय मेडिकल कालेज में पढ़ने लगे और डाक्टर हो गये। प्रैक्टिस करने लगे। चाँदनी घाट के व्यस्त इलाके में डिस्पेन्सरी जमा दी गई। जीवन सिलसिले से चलने लगा। डाक्टर रायचौधरी और मिसेज़ रायचौधरी का जीवन बँधे-बँधाये सिलसिले से चलने लगा।

•
•
•

अधिक दिन नहीं बीते और, डिस्पेन्सरी में आग लगा दी गई। जीवन में आग

लगा दी गई। पाकिस्तान बन गया। ढाका से भागकर कलकत्ता चले आये, और कलकत्ते की भीड़ में, दंगे में, हलचल में शरणार्थियों के रुदन-चीत्कार में, मरण में कौन कहाँ बह गया, यह किसी ने खोज-खबर नहीं रक्खी।

खोज-खबर क्यों रक्खी जाए ? जिसे जाना है, वह तो चला ही जाएगा। और जिसे कहीं जाने की राह नहीं है, वह तो रुका ही रहेगा।

एक दिन शाम को कृष्णचन्द्र रायचौधरी घर लौटे, और बोले—हरिसन रोड पर एक बहुत अच्छी जगह मिल रही है। रहने के लिए एक कमरा, और बाहर सड़क की तरफ़ डिस्पेन्सरी के लिए एक बड़ा-सा हॉल-नुमा कमरा। बाहर वाले कमरे में पार्टीशन डाल देंगे। एक तरफ़ चेम्बर, दूसरी तरफ़ दवाओं के आलमीरे ! तुम्हे पसन्द हो जाएगा ! सविता, अब जीवन फिर से चल निकलेगा। महीने भर में ही सिलसिला जमा लूँगा।

सविता रायचौधरी अपनी साल भर की बच्ची को दूध पिला रही थीं। रिफ्यूज़ी कैम्प के जीवन की सारी गन्दगी चतुर्दिक फैली हुई थी। नालियों में बहती हुई गन्दगी जीवन में भरती जा रही थी। इस जीवन से मुक्ति की बात सुनते ही मिसेज़ रायचौधरी आनन्द से भर उठीं। बोलीं—तुम कल ही कमरा ले लो। यहाँ से भाग चलें, नहीं तो मैं पागल हो जाऊँगी···

मगर, भागने का उपाय नहीं हुआ। दूसरे दिन बचे-खुचे सारे रुपये और सविता के सारे ज़ेवरात लेकर कृष्णचन्द्र रायचौधरी गये तो फिर लौटकर नहीं आये। कभी लौटकर नहीं आये। आज तक नहीं—अब तक नहीं···

अपने बिस्तरे में भयग्रस्त बिल्ली की तरह दुबकी हुई और गर्म होती हुई सविता सोचती हैं, और थरथराने लगती हैं, और पत्थर हो जाती हैं।

कृष्णचन्द्र भाग क्यों गया ? साल भर की बच्ची का मोह भी उसे क्यों रोक

नहीं सका ? क्या पुरुष को किसी वस्तु से मोह नहीं होता ? अपने शरीर से भी नहीं ? अपनी आत्मा से भी नहीं ?

मगर, मोह तो आवश्यक नहीं है। आदमी तो बिना मोह, बिना स्नेह, बिना परिचय, बिना प्रणय के भी जी लेता है। तरुलता जी रही हैं। तरुलता की लड़की जी रही है। विमल ठाकुर, सोनाली, रनजीत जी रहे हैं। जीते रहेंगे। जीवन के सारे कार्य पूरे करते रहेंगे। मोह आवश्यक नहीं है, सिर्फ़ इसीलिए आवश्यक नहीं है कि मोह और मोह की मर्यादाएँ क़ायम रखने का उपाय नहीं है।

कृष्णचन्द्र के चले जाने के बाद ही सविता ने अपना जीवन नये सिरे से शुरू किया। और, कोई उपाय नहीं था, माध्यम नहीं था, जो जीवन-धारण में सहायक हो सके। कम उम्र में ही विवाह हुआ था, मगर विवाह के बाद भी वह पिता के घर ही रही थीं, और थोड़ा-बहुत पढ़ती-लिखती रही थीं। मैट्रिक पास कर लिया था। रवीन्द्र-ग्रन्थावली पढ़ ली थी। और, सबसे बड़ी बात यह थी कि मिसेज़ रायचौधरी अंग्रेजी बोल सकती थीं, औसत पढ़ी-लिखी औरतों से ज्यादा साफ़-सुथरी और शुद्ध अंग्रेजी बोलती थीं। एक-दो परिचितों और रिश्तेदारों ने आर्थिक सहायता देने का वचन दिया। मगर, उन्हें वचन नहीं चाहिए, नौकरी चाहिए।

सर्टिफिकेट और 'सोर्स' नहीं रहने के कारण किसी स्कूल में नौकरी नहीं मिल सकी। तब, एक दिन एक रिश्तेदार उन्हें एक अख़बार के दफ्तर में ले गया। अख़बार के सम्पादक का नाम था विमल ठाकुर। अख़बार का नाम था 'द स्टाइल'। नौकरी मिल गई। दफ्तर में सुबह दस बजे हाज़िर होना होगा। पाँच बजे छुट्टी मिलेगी। बीच-बीच में बाहर भी जाना होगा। ठाकुर जहाँ भेजेंगे, जाना होगा। जो कहेंगे, करना होगा। और, महीने भर काम करने के बाद मिलेंगे कुल पचास रुपये।

मिसेज़ रायचौधरी और विमल ठाकुर के परिचय का आरम्भ ऐसे ही हुआ।

और, विमल ठाकुर ने देखा कि सविता युवती है, सुन्दरी है और अकेली है। शहर की जिन्दगी की सुन्दरता और कुरूपता, दोनों से अपरिचित। और, विमल ठाकुर ने चाहा कि वह दोनों से परिचित हो जाए, ताकि कभी उजाला उसे परेशान नहीं कर सके, कभी अँधेरा उसे झुलसा न दे। अँधेरा एक बार उसे अपनी गिरफ्त में बाँध लेगा, तो वह फिर कभी उजाले में वापस नहीं आ सकेगी। कभी वापस नहीं आएगी, और स्याही की बेरहम घाटियों में चीखती-चिल्लाती हुई भटकती रहेगी और मर जाएगी।

इसलिए, ठाकुर ने उसे कलकत्ते के इस विराट नगर से परिचित कराना चाहा। उपदेश नहीं दिया, कि इस रास्ते से जाना है, और इस रास्ते से नहीं जाना है। बल्कि, साथ ले जाकर ठाकुर ने मिसेज़ रायचौधरी को दोनों रास्ते दिखाये, और कहा कि यह रास्ता अँधेरे की घाटियों में खो जाता है, और इस रास्ते पर उजाला है।

सविता को और कुछ अच्छा नहीं लगा हो, विमल ठाकुर का साथ और उनकी दार्शनिकों जैसी बातें बहुत अच्छी लगीं। वह धीरे-धीरे कृष्णचन्द्र को भूलने तो नहीं लगी, लेकिन क्षमा करने लगीं। क्योंकि, ठाकुर ने उसे बताया कि दुनिया में सबसे बड़ा अपराध है, ग़रीब रहना। और, आदमी ग़रीब है, और ग़रीबी के कारण जो भी काम करता है, चाहे चोरी चाहे हत्या, चाहे आत्महत्या, अपराध नहीं है। अपराध है ग़रीबी। और, कृष्ण-चन्द्र ग़रीब हो गया था, उसे सविता की और साल भर की अपनी बच्ची की आँखें बर्दाश्त नहीं होती थीं। और, सविता ने पूछा—वे कभी लौट नहीं आएँगे ?

नहीं ! नहीं, वह कभी नहीं लौटेगा। वह मर जाएगा, मगर लौटेगा नहीं, वह तुम्हें अपना चेहरा दिखाना नहीं चाहेगा !—ठाकुर ने तत्काल उत्तर दिया, हालाँकि उन्हें मन में विश्वास था कि किसी-न-किसी दिन मिसेज़ राय-चौधरी का पति लौटेगा जरूर ! पत्नी का मोह भले ही वापस खींच नहीं सके, मगर, वह पिता है, एक अबोध शिशु का पिता है। लेकिन, उन्होंने

कहा कि पिता नहीं लौटेगा। उन्होंने इसलिए कहा कि पत्नी किसी आशा में, किसी प्रतीक्षा में नहीं जीती रहे। आशाएँ मिट जाएं, और अतीत मिट जाए, और सविता नया जीवन शुरू कर, नई आशाएँ बाँधे, नये सपने बाँधे···

और, आशाएँ तोड़ने का एक और तरीक़ा उनके पास था।

एक शनिवार की शाम को विमल ठाकुर ने सविता को फ्री स्कूल स्ट्रीट के एक होटल में बुलाया। वह बोली—आ जाऊँगी। लेकिन बेबी अकेली कैसे रहेगी ? उसे भूख लगेगी, और रोएगी। उसे रोती छोड़कर कैसे आऊँगी ?

बेबी को साथ ले आओगी। सेवेन्टी-फोर, फ्री-स्कूल स्ट्रीट। होटल का नाम है, 'ईस्टमैन' होटल। तुम लिफ्ट से चढ़कर तीसरे तल्ले पर बारह नम्बर कमरे में चली आओगी। मैं वहाँ ठीक आठ बजे पहुँच जाऊँगा। देर नहीं करोगी,—ठाकुर ने कहा, और उनके गले में ख़राश पैदा हो गई। वे आखें ऊपर उठाकर सविता की तरफ़ देख नहीं पा रहे थे। मिसेज़ रायचौधरी ने पूछा—वहाँ क्यों बुला रहे हैं ? क्या कोई पार्टी है ? वहाँ और कौन-कौन होंगे ?

विमल ठाकुर ने उत्तर नहीं दिया। टेबुल पर सिर झुकाकर, अधूरा पत्र पूरा करने लगे—इट इज़ टु माई वैस्ट प्लेज़र टु स्टेट···और सविता ने दुबारा नहीं पूछा। वह समझ गईं कि कोई उत्तर नहीं मिलेगा। वह समझ गईं कि 'ईस्टमैन' होटल में रात के आठ बजे बेबी को साथ लेकर जाना ही पड़ेगा। वह समझ गईं।

औरत समझ जाती है। हर औरत समझ जाती है, अगर वह पागल नहीं है, और अगर वह प्यार नहीं करती है। सविता पागल नहीं थीं, और ठाकुर को प्यार भी नहीं करती थीं। करती थीं श्रद्धा। श्रद्धा और प्यार में अन्तर है, और इस अन्तर का पता ठाकुर को भी था। मगर ठाकुर चाहते थे कि

सविता अन्धेरे और उजाले, दोनों को सही-सही पहचान ले, और अपने जीवन में, व्यवसाय में, सामाजिक और आर्थिक लाभ के लिए दोनों का सही-सही उपयोग करना सीख ले। ठाकुर को अन्धेरे से नफ़रत नहीं थी। वे अन्धेरे को जीवन की एक कुरूप और भयावह अनिवार्यता मानते थे। और, मानते थे कि इस अनिवार्यता को भी सहना पड़ेगा। और जब सहना ही पड़ेगा, तो इससे भी किसी-न-किसी तरह कोई लाभ ही क्यों न उठाया जाए!

ठाकुर ने सविता को कभी कोई उपदेश नहीं दिया था, सिर्फ़ पढ़ने के लिए जॉर्ज सैंड, और डायना रॉड्रिग्स, और जॉर्ज इलियट, लेडी पाम्पाडोर, और क्वीन मेरी, और इजाबेला डंकन जैसी विश्व-प्रसिद्ध महिलाओं की आत्म-कथाएं-जीवनगाथाएँ दी थीं। और इन किताबों ने सविता को बताया था कि सामाजिक सफलता और आर्थिक सफलता के अतिरिक्त ऐसा कुछ नहीं है, जिसके लिए व्यक्ति जीवित रहता है, या उसे जीवित रहना चाहिए। यश, प्रतिष्ठा, सम्मान, धन, सम्पत्ति, ऐश्वर्य, विलास के सिवा चाहिए ही क्या? और यह सब नहीं चाहिए तो बेबी का पालन-पोषण कैसे हो सकेगा? बेबी बड़ी होगी, तो अच्छे स्कूल में कैसे पढ़ेगी? बेबी बड़ी होगी तो अच्छे वर के साथ उसके हाथ पीले कैसे होंगे? और, स्वयं वह कैसे जीवित रहेगी? रिफ्यूज़ी कालोनी की सड़ाँध-भरी ज़िन्दगी से भी बुरी क्या और कोई बात हो सकती है? अपने इन प्रश्नों का एकमात्र उत्तर था कि वह बिना कोई शंका, बिना कोई भय किये 'ईस्टमैन' होटल चली जाए।

और, सविता संतुष्ट थी, कि औरों की तरह ठाकुर ने उसे कोई सब्ज़ बाग़ नहीं दिखाया था, खूबसूरत सपने नहीं दिये थे, और न कोई ग़लत या सही वादा ही किया था। वह संतुष्ट थी। जैसे, तेज़ लहरों पर हवा के सहारे चलती हुई पालवाली नाव संतुष्ट रहती है।

संतुष्ट नहीं थे विमल ठाकुर। वे जानते थे कि मिसेज़ रायचौधरी आएगी। जानते थे कि सिर्फ़ इसीलिए आएगी कि विमल ठाकुर ने कहा है, और

विमल ठाकुर ग़लत नहीं कहेंगे। वह इस जानकारी से सुखी नहीं थे। नारी-शरीर की आकांक्षा उन्हें अवश्य थी, मगर, वे केवल शरीर ही नहीं चाहते थे, चाहते थे वासना। सविता में वासना नहीं थी। वह ज्वाला नहीं थी, जिसका सम्पर्क भस्मीभूत कर सके। वह बर्फ की तरह शीतल थी। और, इसके लिए उनके पास एक ही तरीक़ा था। सविता का शरीर प्राप्त किया जाए। शरीर अर्पित करने के उपरान्त, वह मन भी अर्पित करेगी, आत्मा भी !

सविता रायचौधरी स्त्री है और युवती है और निराश्रित है, उसे अर्पित होना चाहिए। वृक्ष अकेला खड़ा हो सकता है, लता नहीं, सविता नहीं।

•
•
•

बेबी को गोद में लिए, मिसेज़ रायचौधरी धीमे क़दमों से 'ईस्टमैन' की सीढ़ियाँ चढ़ने लगीं। लिफ्ट से नहीं गयीं, एक-एक सीढ़ी पर सँभल-सँभलकर पाँव रखती हुई, ऊपर चढ़ती गयीं।

आस-पास खड़े बेयरों को आश्चर्य हुआ। इस बरामदे से उस कमरे में जाती हुई लड़कियों को आश्चर्य हुआ। अपना बेबी साथ लेकर कोई औरत कभी इस होटल में नहीं आती है। यह कैसी औरत है ? कौन है ?

थर्ड फ्लोर। रूम नम्बर ट्वेल्व। सविता पर्दा हटाकर अन्दर चली गई। अस्पतालों में जिस तरह के पलंग होते हैं, साफ़-सुथरे और बेदाग़, वैसे ही

दो पलंग आस-पास बिछे थे। किनारे बड़े शीशे वाली टेबुल थी। टेबुल के पास की कुर्सी पर बैठे, विमल ठाकुर बर्फ डालकर बियर पी रहे थे।

बेबी सविता की बाँहों में सो गई थी। उसे पलंग पर एक किनारे सुला दिया। ऊनी रैपर से ढक दिया। फिर, बोली—मैं आ गई हूँ। आपने आने को कहा था। मैं आ गई हूँ!

•
•
•

मिसेज़ सविता रायचौधरी ने सोचा, आज कॉफ़ी-हाउस नहीं जाऊँगी। चुप-चाप अपने बिस्तरे में पड़ी रहीं और सामने दीवार पर टँगी तस्वीर देखती रहीं। तेरह-चौदह साल की एक लड़की की तस्वीर! और, उन्होंने अपने आपसे एक सवाल पूछा—यह मासूम लड़की मिसेज़ रायचौधरी कैसे हो गई? यह मासूम लड़की और वह मासूम औरत (जिसने 'ईस्टमैन' होटल के कमरे में अपनी बच्ची को पलंग पर सुला दिया था और किंग फिशर के हल्के सुरूर में मस्त विमल ठाकुर से पूछा था—अब और क्या-क्या करना होगा?) मिसेज़ रायचौधरी क़ैसे हो गई, क्यों हो गई? या, नहीं हुई है? सविता वही सविता है? या नहीं, सविता नहीं है, एक सड़ी हुई लाश है, और चारों तरफ़ भूखे गिद्ध अब तक पाँखें फड़फड़ा रहे हैं?

मिसेज़ रायचौधरी स्टडी टेबुल पर चली गईं, और अपनी लड़की को एक पत्र लिखने लगीं—स्कूल का सेशन समाप्त होते ही तुम कलकत्ते चली आना। एन० सी० सी० के कैम्प में नहीं जाओगी। मैं बीमार रहती हूँ···

शेफाली। सुभाष। जयन्त। जयन्त को दो सौ रुपये की ज़मानत देनी पड़ी थी, तब सुभाष को वह थाने से छुड़ाकर वापस लाया था। बदनामी भी हुई थी, जयन्त बाबू का साला पाकेटमारी में पकड़ा गया। श्यामा मासी ने मुहल्ले की सभी औरतों से कहा, खूब मज़ा ले-लेकर कहा कि सुभाष जेब कतरता है, और शेफाली और जयन्त उन पैसों से सिनेमा जाते हैं, मुसलमानी होटलों में जाकर बिरियानी और कबाब खाते हैं, और टैक्सी में बैठ-बैठकर चिड़ियाखाना और विक्टोरिया मैदान का चक्कर लगाते रहते हैं। वाह री बहन, वाह रे बहनोई!

सुभाष को पहले ट्राम से नीचे उतारकर मुसाफिरों ने पीटा। यह मार पुलिस की मार से भी भयानक होती है। कलकत्ते में शायद ही ऐसा कोई आदमी हो, जिसकी जेब कभी-न-कभी कटी नहीं हो। और, एक बार जिसकी जेब कटी, वह मौक़ा तलाश करता रहता है। मौक़ा चाहता है कि कब कहीं कोई एक पाकेटमार पकड़ा जाए, और अपने छाते से या बूट से या घँसों से मार-मारकर वह अपना गुस्सा उतार सके। कहते हैं, पब्लिक की यह मार सहने के लिए पाकेटमारों को बाज़ाब्ता ट्रेनिंग दी जाती है। चारों तरफ़ से घूँसे, छाते और जूते बरसते रहते हैं, और बिचारा आदमी, जिसने और पेशों से तंग आकर यह पेशा चुना था, पेट के पास सिर दबाये, बाँहों से फुटपाथ की फ़र्श पकड़े, पाँव सिकोड़े, बन्द कछुए की तरह पड़ा रहता है, जब तक पुलिस नहीं आ जाए। पुलिस आती है, भीड़ छँट जाती है, लोग दो मिनट तमाशा देखते हैं। पुलिस हाथ-रिक्शे पर उसे लादकर पास के थाने में ले जाती है। फिर, जमानत होती है। केस बनाया जाता है। कोर्ट की तारीख़ तय होती है।

सुभाष ने यह सब ट्रेनिंग नहीं ली थी, यह सब क़ायदा-कानून भी नहीं सीखा था। बस, ट्राम में चढ़ गया, और एक भली औरत के हाथ का खूबसूरत पर्स छीनकर चलती ट्राम से कूदने लगा।

सुभाष ने मुहल्ले के हर लड़के से कह दिया था, वह छीन लेगा, मगर चोरी

नहीं करेगा। वह बाँहों में ताक़त पैदा करेगा, और छीन लेगा, पाँवों में ताक़त पैदा करेगा, और छीनकर भागेगा, इतनी तेज़ी से भागेगा कि कोई उसे पकड़ नहीं पाएगा।

मगर, वह पकड़ा गया। और, बेतरह पीटा गया, फुटपाथ पर और थाने में, और ज़मानत करके घर लाने के बाद शेफाली ने उसे थप्पड़ मारना शुरू किया।

जैसे, सुभाष रोम के किसी फ़व्वारे पर खड़ा पत्थर का कोई अपरिचित स्टैच्यू हो। वह न रो रहा था, न उसके चेहरे पर दुःख या करुणा या दयनीयता थी। उसके चेहरे पर कुछ नहीं था, एक सर्वहारा मुक्ति थी। मारती-मारती थक जाने के बाद, शेफाली ने चीखकर पूछा—फिर जाएगा उन आवारा लड़कों के साथ? फिर पाकेट काटेगा? फिर बैग छीनेगा?

हाँ!—सुभाष ने पहली बार ओठ खोलकर उत्तर दिया—छीनूँगा, और पहले से ज्यादा तेज़ भागूँगा।

यह प्रौढ़ उत्तर सुनकर जयन्त से नहीं रहा गया—अच्छा! मैं ठीक करता हूँ तुम्हें!—उसने कोने में पड़ा मसहरी का डंडा उठाया। मगर, सुभाष गरजा—तुम मुझको मत छुओ, जयन्त दादा! दीदी मार सकती है, पुलिस मार सकती है, पब्लिक मार सकती है, मगर तुम कौन होते हो? मैं दीदी का भाई हूँ, यह घर दीदी का है, तुम कौन होते हो?

और, इतने छोटे-से लड़के, सुभाष के इतना ही कहने पर जयन्त को आगे बढ़ने की और सुभाष पर अपना गुस्सा उतारने की इच्छा नहीं हुई, शक्ति नहीं हुई। क्योंकि, कल रात से ही घर में खाना नहीं पका था, क्योंकि सुभाष के लिए शेफाली रो रही थी, और रोती हुई कह रही थी,—तुम्हारे ही कारण यह सब हो रहा है, जयन्त! तुम यहाँ रहने लगे, और मेरी सोनाली चली गई। आज सुभाष भी चला गया। मैं तुम्हारे बिना ही ठीक

थी, देह बेचकर दो पैसे कमाती थी और चैन से सोती थी। तुमने मुझे देह बेचने से रोका, बचाया, और अब फिर सीधे-सीधे नहीं, मगर, घुमा-फिराकर मुझे वही करना पड़ता है। तुम्हारे दफ्तर के बड़े बाबू हैं, तुम्हें रेस का घोड़ा बतलाने वाले दोस्त हैं, तुम्हारे साथ पीने-पिलाने वाले लोग हैं। कोई तुम्हें तरक्की का रास्ता बताता है! कोई तुम्हें दूसरी औरत के पास ले जाता है। और, जानते हो तुम, खूब भली भाँति जानते हो तुम, कि ये सभी लोग, या इनमें से ज्यादातर लोग तुमसे नहीं, तुम्हारी बीवी से मिलने तुम्हारे घर आते हैं। लोग आएँ, मेरा क्या है! मैं तब भी पाँच रुपये वाली शेफाली थी, और आज भी पाँच रुपये वाली शेफाली हूँ! मगर, मेरी सोनाली? मेरा सुभाष? उन्हें क्यों भगा दिया?

शेफाली चीखती रही थी, और जयन्त हाथ-रिक्शे पर बैठकर पहले 'दीप्ति' सिनेमा के पीछे की गली की एक दूकान में गया था देशी शराब पीने, फिर पता नहीं सारी रात के लिए कहाँ चला गया था।

सुबह उसने भवानीपुर थाने में जाकर सुभाष की ज़मानत करवाई, और तब घर वापस आया। और, सुभाष ने जयन्त को भद्दी-सी गाली दी, और तेज़ी से कमरे से बाहर निकल गया, बोला—जाता हूँ, मरने जाता हूँ। तुम लोग कभी मेरी खोज-खबर नहीं लेना···

आदमी बड़े शहर और बड़े शहर के बीच और भी बड़े-बड़े दफ्तर, और बड़े शहर के इर्द-गिर्द और भी बड़े-बड़े कल-कारखाने क्यों बनाता है? मशीनें क्यों बनती हैं? बिजनेस फर्म क्यों बनते हैं? पुस्तकालय, और यूनिवर्सिटी, और लेबोरेटरी, और डिपार्टमेन्टल स्टोर, और ट्राम-लाइनें, बस-रूट, टैक्सियाँ···क्यों बनती हैं?

आदमी अपना गाँव छोड़कर, अपने नाते-रिश्ते छोड़कर शहर की तरफ क्यों बेहताशा भागता है? किसलिए? अधिक सुख, अधिक सुविधा, अधिक शान्ति के लिए ही तो?

जैसे, यह रनजीत भागा था। खूबसूरती और प्यार से रहने वाली और किसी बात में 'ना' नहीं करने वाली पत्नी के साथ भागा था। यह सोचकर, यह तय करके, यह सपना बनाकर भागा था कि जिन्दगी फिर से शुरू होगी, और ज्यादा शानदार होगी।

गाँव के खेतों की मिट्टी जब धान और गेहूँ के पौधे उगाना बन्द कर देती हैं, और पागल नदियों की बाढ़ फसलों को बहा ले जाती है, धरती को फिर से गर्भवती बनाने के लिए अन्न के बीज तक नहीं मिलते हैं, और किसान वीर्य-हीन हो जाता है, मज़दूर बलहीन हो जाते हैं, तो वे कल-कारखानों की तरफ़ भागते हैं, बेतहाशा भागते हैं। उन्हें खाने को अनाज नहीं मिलता है, पहनने को कपड़े, बुनने को रूई नहीं मिलती है, तो वे अनाज और कपड़े खरीदने के लिए रुपये की तरफ़ भागते हैं। शरीर और दिमाग़ की ताक़त के बदले, मिहनत-मशक्कत के बदले वे रुपया चाहते हैं। वे आदमी न रहकर, मशीनों के पुर्जे बन जाते हैं, और रुपया चाहते हैं। रुपया चाहते हैं, और उन्हें रुपया मिलता है। अनाज के बदले रुपया। खेतों-खलिहानों और घर-परिवार के बदले रुपया। बीवी और बच्चों के बदले, पर्व-त्योहारों के बदले, नातों-रिश्तों के बदले, नई फसल काटने और नदी में जाल फेंककर मछलियाँ पकड़ने, और बैलगाड़ियाँ हाँककर मेलों में जाने के गीतों के बदले रुपया।

रुपया, और वह कुछ भी नहीं, जिसके लिए रुपया पैदा करने की यह भयानक लड़ाई लड़ी गई है। रुपया, और शान्ति नहीं। रुपया, और आदमी की जिन्दगी नहीं, मशीन के टूटे हुए कल-पुर्जों की जिन्दगी !

फैक्टरियों में खून जलाते हुए किसानों और मज़दूरों की तरह ही रनजीत भी टूटे हुए कल-पुर्जों की जिन्दगी जी रहा है। वह यह बात समझता है। मगर, कोई उपाय नहीं है ! चक्र-व्यूह तोड़ने के लिए कोई हथियार नहीं है। गले में रस्सी बँध चुकी है, और पाँवों के नीचे का तख्ता धीरे-धीरे नीचे खिसक रहा है, खिसकता चला जा रहा है।

•
•
•

जब कहीं तबीयत न लगी, कॉफ़ीहाउस में बैठकर मिसेज़ रायचौधरी का इन्तज़ार करना भी अच्छा नहीं लगा, तो विमल ठाकुर टैक्सी करके रनजीत के होटल में चले आये।

पहली बार रनजीत का कमरा अन्दर से बन्द था। रनजीत कभी कमरा बन्द नहीं करते हैं, कोई औरत भी हो, फिर भी नहीं। सिर्फ पर्दा गिरा रहता है, हवा के सहारे हिलता रहता है, सरकता रहता है। काल-बेल दबाने पर रनजीत ने खुद दरवाज़ा खोला। फिर, पास की एक कुर्सी पर बैठ गया। कुछ बोला नहीं। बोलने की बात भी नहीं थी। बिस्तरे पर रजाई से ढकी एक औरत सो रही थी। चेहरा खुला था, और चेहरे पर मौत थी ! साँसें तेज़ी से चल रही थीं, और पलकें जैसे धागे से सी दी गई हों। ठाकुर ने सिगार जलाकर बहुत धीमे लहजे में कहा—शायद, पूरबी ही है।

रनजीत ने उत्तर दिया—शायद, पूरबी ही है। शायद !

पूरबी को पैरलैसिस मार गया है, पाँवों में और शरीर के पूरे दायें हिस्से में। बोल भी नहीं पाती है। ज्यादातर छटपटाती रहती है, या नींद में बेहोश।

ठाकुर चुपचाप बैठे रहे। सामने रनजीत चुपचाप बैठा रहा। जैसे, दोनों ने

मिलकर पूरबी को कत्ल कर दिया हो, और उसकी लाश के पास बैठे सोच रहे हों कि इसे दफ़नाया कैसे जाए !

ठाकुर की निगाहों में पूरबी के लिए नहीं, रनजीत के लिए करुणा थी। रनजीत की निगाहों में थी प्रतिहिंसा। रनजीत की निगाहों में थी राइफल की गोली खाये हुए घायल चीते की प्रतिहिंसा !

आग़ाहश्र के पारसी थियेटर के एक नाटक में बादशाह अपने एक गुलाम की बीवी को अपने शाही पलंग पर नंगी कर देता है, और, खम्भे से बँधा गुलाम शरीर और आत्मा की सारी ताकत लगाकर भी लोहे की जंजीरें तोड़ नहीं पाता है, तो नाटक देखती हुई पब्लिक कितने ज़ोरों से तालियाँ पीटती है ! रनजीत ने लगभग बीस-बाईस साल पहले यह नाटक देखा था। नाटक का नाम उसे याद नहीं, गुलाम का पार्ट फिदाहुसैन ने किया था, या मास्टर मदन ने किया था, यह भी याद नहीं है। मगर, उसे पूरा दृश्य याद है, और गुलाम की बीवी याद है, और तालियों की गड़गड़ाहट याद है।

रनजीत एक सिगरेट जलाना चाहता है, मगर उसकी उँगलियाँ थरथरा रही हैं। वह तालियों की गड़गड़ाहट और हँसी-ठहाके, और चीख-पुकार और तालियाँ, सुन रहा है। उसकी उँगलियाँ थरथरा रही हैं ! रजाई में चित लेटी हुई पूरबी हिल तक नहीं पाती। सिर्फ आँखें खोलती है, और पहले रनजीत को, फिर ठाकुर को देखती है। फिर पलकें बन्द कर लेती है।

•
•
•

यह तय है कि मैं गुलाम हूँ, और वह मेरी ही बीवी है, जो शाही पलंग पर नंगी और बेहोश और लुटी हुई पड़ी है। मगर, बादशाह कौन है?

जानते हैं विमल भाई, अब पारसी थियेटर का ज़माना लद गया है। अब आप एक नाटक लिखना चाहें और उसमें यह दिखाना चाहें कि किसी की बीवी लूटी गई है, किसी का घर लूटा गया है, किसी की नींद और खुशी और शान्ति लूटी गई है, तो आप बाकी सब कुछ दिखा सकते हैं, सिर्फ यह नहीं दिखा सकते कि किसने लूटा है!

लुटेरा कौन है, यह आप बता नहीं सकते विमल भाई, क्योंकि आपको मालूम नहीं है। क्या सेठ दयाभाई लुटेरे हैं? क्या हीरो बसन्त कुमार, या 'विश्वमंच' दैनिक के सम्पादक-प्रकाशक धरमचन्द जी, या हैरिस एण्ड लेविस कम्पनी प्राइवेट लिमिटेड के डाइरेक्टर-प्रोपराइटर रासबिहारी बाबू, या इन लोगों के पास बेवकूफ़ औरतें और बेवकूफ़ औरतों के पास इन्हें ले जाने वाले बीच के आदमी लुटेरे हैं?

आपको मालूम नहीं है! मुझे भी मालूम नहीं है। किसी को मालूम नहीं है। क्योंकि, लुटेरों ने लूट का तरीक़ा बदल लिया है। वे हमारी दौलत या ताक़त या इज़्ज़त या ईमान लूटते नहीं हैं—बस, खरीद लेते हैं। वे हमारे दुश्मन नहीं बनते, दोस्त बनते हैं। वे लुटेरे डाकू नहीं बनते, समाज-सेवक

बनते हैं, कला-प्रेमी बनते हैं, साहित्य-पोषक, समाज-सुधारक, राजनीतिज्ञ, प्रकाशक, सम्पादक, फिल्म-निर्माता, थियेटरों के मालिक, पुस्तकालयों और मन्दिरों और होटलों-क्लबों-बारहाउसों के मालिक बनते हैं। और वे हमें खरीदते हैं। रुपये देकर, मीठी-मीठी बातें देकर, दोस्ती का हाथ देकर, ऊँची तनख़ाहों की नौकरी देकर, अपनी गाड़ी और अपने बंगले देकर वे हमें खरीदते हैं। और, हम बिक जाते हैं।

हम बिक जाते हैं। अपना ज्ञान, अपनी बुद्धि, अपनी प्रतिभा, अपनी शक्ति, अपनी कला, अपना विज्ञान, अपना सम्पूर्ण अस्तित्व उन्हें सौंपकर हम मर जाते हैं। हमारा घर-परिवार, हमारी सुख-शान्ति, हमारी दुनिया मर जाती है। और, दुनिया उनकी बनती जाती है। बड़े-बड़े बैंकों की बड़ी-बड़ी तिजोरियाँ सोने से भर जाती हैं। धरती का सारा सोना एक दिन इन्हीं तिजोरियों में भर जाएगा, ठाकुर भाई! और तिजोरियों की चाबी जिनकी मुट्ठियों में कैद होगी, वे हमारी लाशों की सीढ़ियों पर चढ़कर तिजोरियाँ खोलेंगे और तिजोरियाँ बन्द करेंगे, और तिजोरियाँ बन्द करेंगे, और तिजोरियाँ खोलेंगे, और यह तमाशा देखने के लिए भी वे हमें ज़िन्दा नहीं करेंगे।

रनजीत चुप हो गया। और आँखें बन्द करके सिगरेट पीता रहा। पूरबी ने आँखें खोलीं, पहले विमल ठाकुर को देखा, फिर रनजीत को। फिर, बहुत कष्ट करके, बहुत धीमी और बुझी हुई आवाज़ में बोली—सीता को ले आइए।

सविता

एक्सपीरिएन्स इज़ दे नम सो मेनी पीपुल गिव टु देयर मिस्टेक्स,—आस्कर वाइल्ड का यह वाक्य गांगुली को प्रिय हैं। गांगुली ने बहुत कम पढ़ा-लिखा है, और तरीके से तो कुछ भी नहीं पढ़ा है। फिर भी, आस्कर वाइल्ड उसे प्रिय है। आस्कर वाइल्ड और उसका प्रिय बन्धु फ्रैंक हैरिस। फ्रैंक हैरिस और उसके प्रेम-जीवन की नायिकाएँ। लन्दन के बड़े घरानों में चाय या शराब की टेबुलों पर काटी गई शामें। एक बार फ्रैंक हैरिस ने गर्व में आकर कहा था—लन्दन में ऐसा कोई आभिजात्य परिवार नहीं है, जहाँ मैं निमन्त्रित नहीं हुआ हूँ !

और, आस्कर वाइल्ड ने उत्तर दिया था—लेकिन, एक ही बार ! दुबारा नहीं।

वाइल्ड के इस व्यंग्य का यह छिछलापन गांगुली के जीवन में परिव्याप्त है। मछलीबगान की लड़कियाँ और औरतें कल या आज सोमेश गांगुली के

प्रति आकृष्ट होती रही हैं। लेकिन, एक ही बार, दुबारा नहीं! दुबारा गांगुली के पास फटकने की हिम्मत मछलीबगान जैसे कस्बे की स्त्रियों में नहीं है। मछलीबगान इतने बड़े महानगर के इतने पास होकर भी, मछलीबगान ही है, अब तक कलकत्ता नहीं बन सका है। शायद, कभी बन भी नहीं पाए! शायद, कल ही बन जाए! भविष्य के पास इतिहास या अर्थशास्त्र या समाजशास्त्र का कोई नियम नहीं होता है। वर्तमान के पास होता है। वर्तमान को हम नियमों और सूत्रों से बाँधते हैं और भविष्य आते-आते वे नियम जड़ हो आते हैं, वे सूत्र टूट जाते हैं। भविष्य अपने लिए नये कानून बनाता है।

सोमेश गांगुली ने भी नया कानून बनाना चाहा था। कृष्णा को लेकर बनाना चाहा था। विचित्रा क्लब के साथ बनाना चाहा था! तेरह नम्बर बस के डिपो में बम मारकर बनाना चाहा था। सोनाली की संगति में बनाना चाहा था। मगर, कुछ भी नहीं हुआ। रिक्शेवालों से लड़ाई हो गई, और जेल तक जाना पड़ गया।

अजीर्ण प्रतिभा और कर्मशक्ति वाले प्रत्येक युवक के साथ यही होता है। कोई सुलताना डाकू बन जाता है, कोई बनना चाहता है, कोई बन नहीं पाता। कुछ भी बन नहीं पाता। आप-ही-आप उगे हुए पौधे की तरह फूल-फल-विहीन रहकर सूख जाता है, मिट जाता है। गांगुली भी मिट जायेगा! अभी न सही; अभी के बाद सही!

जेल से बाहर आने के बाद, सोमेश मछलीबगान आया, और अनन्त केबिन के सामने सड़क के किनारे कुर्सियाँ डालकर अपने दोस्तों के साथ चाय पीने लगा। बाजार से सब्ज़ियाँ खरीदकर सोनाली घर की तरफ़ जा रही थी। देखकर भी सोमेश से कुछ नहीं बोली। सीधी चली जाती रही। उसे गुस्सा आ गया। कुर्सी पर बैठे-ही-बैठे चीखा—सोनाली!

सोनाली ने चालाक बिल्ली की तरह एक बार मुड़कर देखा, फिर, गली में

ग़ायब हो गई। सोनाली की इस निगाह में इतनी ताक़त थी और इतनी घृणा थी, कि सोमेश स्तब्ध रह गया। एक भी शब्द बोला नहीं। कुर्सी से उठा भी नहीं। बहुत उदास लहजे में निशीथ से बोला—भाई, एक पैकेट चारमीनार ले आओ !

जयसिंह और मीनाक्षी धुले हुए कपड़े पहनकर शहर की तरफ़ जा रहे थे। गांगुली की कुर्सी के पास रुककर, जयसिंह ने कहा—सोमेश, कल से तेरह नम्बर बस मछलीबगान डिपो तक आने लगेगी।

क्या फैसला हुआ ? कैसे हुआ ?—गांगुली ने अत्यन्त उत्सुक होकर पूछा। जयसिंह ने कहा—एक मिनट में बता नहीं पाऊँगा। तुम्हारे जाने के बाद बहुत सारी बातें हुई हैं। मीनाक्षी नाराज़ हो जाएगी, नहीं तो अभी कहता।

जयसिंह चला गया। चाय का प्याला खाली हो गया। कबूतरों का एक झुंड पंख फड़फड़ाता हुआ गुज़र गया। बस-स्टाप पर रिक्शों की कतारें रुकने लगीं। गांगुली उदास हो गया। उठकर पुल के पास चला गया। शाम हो रही है। आदिगंगा का गंदला पानी काला पड़ने लगा है। शायद आज पूर्णिमा है। शायद आज ज्वार आएगा। शायद···शायद आज किसी एक लड़की को रात भर नींद नहीं आएगी।

तेरह नम्बर बस के मामले से कई पार्टियाँ सम्बन्धित थीं। स्टेट ट्रान्सपोर्ट के अधिकारी बस का किराया बढ़ाना चाहते थे। रिक्शा ओनर्स-यूनियन के लोग और रिक्शा-मज़दूर यूनियन के लोग चाहते थे कि सरकारी बस अब कभी मछलीबगान डिपो तक नहीं आये। जन-समिति के लोग चाहते थे कि किराया नहीं बढ़ाया जाए, और बस चली आये। और, इन सारी यूनियनों में और समितियों में राजनीतिक दलों के लोग थे। वे कुछ नहीं चाहते थे। वे सिर्फ इतना ही चाहते थे कि यह तनाव क़ायम रहे, और जुलूस निकले। जुलूस निकले, और लाठी-चार्ज हो, और सरकार की बदनामी हो, और अगर कोई फ़ायदा हो तो वह उनकी पार्टी के हक़ में हो।

हर देश की हर राजनीतिक पार्टी यही चाहती है। जनसामान्य का फ़ायदा नहीं चाहती है, चाहतीं है पार्टी का फ़ायदा। पहले पार्टी, पहले पार्टी का हित, पहले पार्टी के उसूल, बाकी सारा कुछ बाद में ! जनता का फ़ायदा तो कोई नहीं चाहता है। सरकार की खाद्य-पॉलिसी के ख़िलाफ़ राजनीतिक दलों ने आन्दोलन किया। किसलिए किया ? सिर्फ इसीलिए कि कांग्रेस गवर्नमेन्ट की लोकप्रियता नष्ट हो, और अगले चुनाव में कांग्रेस की सरकार नहीं बन सके। खाद्य-आन्दोलन जनता का सवाल नहीं था। क्योंकि भोजन का सवाल विधान परिषद् के सामने जुलूस निकालने और नारे लगाने से हल नहीं होता है। भोजन का सवाल हल होता है अधिक अनाज पैदा करने से, और अनाज खरीदने की ताकत पैदा करने से ! राजनीतिक पार्टियाँ अनाज पैदा करने का आन्दोलन नहीं करती हैं। इस आन्दोलन का उन्हें पता तक नहीं होता है। उनके लिए आन्दोलन का मानी होता है खिलाफ़त और बग़ावत ! सिर्फ़ खिलाफ़त, और नारे, और जुलूस, और निहत्थी जनता को पुलिस के हथियारों के सामने खड़ा कर देना !

इसीलिए खाद्य-आन्दोलन हुआ और ट्राम और बसें जला डाली गईं। और, बस-डिपो पर बम फेंके गये। और सुरक्षा के लिए, शान्ति के लिए पुलिस को बन्दूकों का सहारा लेना पड़ा। और, तेरह नम्बर बस मछलीबगान के आखिरी स्टाप तक नहीं आने लगी।

फिर, एक नया आन्दोलन शुरू किया गया। यूनियन और समितियाँ बनीं। जुलूस निकले। सभाएँ की गईं। बुलेटिन और परचे बाँटे गए। चन्दा लगाया गया। और, भिन्न पेशों की मध्यवर्गीय जनता और निम्नवर्गीय जनता के हित आपस में ही टकराने लगे।

बस मछलीबगान तक आती है तो रिक्शा-मालिकों का और रिक्शा-मज़दूरों का नुक़सान होता है। बस नहीं आती है तो मछलीबगान की जनता का नुकसान होता है। नुक़सान सिर्फ राजनीतिक दलों का नहीं होता है, और, वे चाहते हैं कि तनाव कायम रहे। जुलूस निकलते रहें। सरकार बदनाम

होती रहे। जनता की असुविधाएँ बढ़ती रहें।

मगर, ऐसा हो नहीं सका। स्टेट-ट्रान्सपोर्ट वालों ने मामला अपने हाथ में लिया, और बस का भाड़ा बढ़ा दिया, और फैसला किया कि तेरह नम्बर बस मछलीबगान डिपो तक ज़रूर आएगी।

तमाशा खत्म हो गया। सोमेश गांगुली ने पुल पर खड़े होकर देखा कि मिस्त्री और मज़दूर बस-डिपो पर लकड़ी के नये खम्भे गाड़ रहे हैं। कल से बस ज़रूर आएगी।

•
•
•

नदी बहती थी। प्यार की, और नफ़रत की, और ज़िन्दगी की एक नदी बहती थी।

अब जैसे नदी रुक गई है। अब जैसे नदी नहीं बहती है। घटनाएँ होती हैं। पसीने के दाग़, पान की पीक के दाग़, और शराब के दाग़ से भरे बिस्तरे होते हैं। औरतें होती हैं। मर्द होते हैं। सौदे होते हैं, लड़ाइयाँ होती हैं। घर, परिवार, समस्याएँ, समाधान, नौकरी, व्यापार, दोस्ती, समझौते, रिश्ते, बहस-मुबाहसे, अखबार, फ़िल्म, नाटक होते हैं, मगर नदी नहीं बहती है। ज़िन्दगी की नदी नहीं बहती है।

सिर्फ एक बड़ी-सी मशीन होती है, जिसमें मर्द और औरतें छोटे-छोटे स्क्रू

की तरह फिट होते हैं, और मशीन से पैदा होती रहती हैं घटनाएँ !

नदी बहती थी।

'स्टाइल' के दफ्तर में अकेले बैठे हुए विमल ठाकुर सोचते हैं कि नदी बहती थी। अब धारा मृत हो गई है ! जल नहीं है, सिर्फ बालू के स्तूप हैं, और सूनापन है।

सोनाली मछलीबगान के अपने मकान में बिस्तरे में सोयी हुई होगी, और क्या सोच रही होगी ? रनजीत पूरबी के सिरहाने में बैठा हुआ अख़बार पढ़ रहा होगा, और क्या सोच रहा होगा ? मिसेज़ सविता रायचौधरी···

मिसेज़ रायचौधरी पर्दा हटाकर कमरे में चली आईं, और सामने की कुर्सी पर बैठ गईं।

मार्च या एप्रिल का महीना। दोपहर था, और कलकत्ते की गर्मी तेज़ हो रही थी। मिसेज़ रायचौधरी के चेहरे पर पसीने की बूँदें थीं, और बाल सूखे और बिखरे हुए थे, आँखें जैसे सारी रात जगी रही थीं।

पाँच-सात मिनट तक ठाकुर चुप रहे, और सविता भी चुप रह गईं। फिर, अचानक व्यस्त होकर उन्होंने कहा—ठाकुर, मैं एक ख़ास ज़रूरत से आई हूँ। मैं चाहती हूँ कि तुम मुझसे शादी कर लो। बेबी अगले हफ्ते आ रही है। उससे पहले शादी कर लो।

ठाकुर ने एक बार सिर ऊपर उठाया, फिर सिर झुकाकर बोले—बहुत गर्मी है। तुम्हारे लिए बियर मँगवाऊँ ?

ठाकुर की निगाहें नीचे झुकी रहीं। उन्हें साहस नहीं हो रहा था कि वे सविता रायचौधरी की आँखों में देख सकें। मिसेज़ रायचौधरी पतले सिल्क

की सफेद साड़ी और बहुत लो-कट ब्लाउज़ पहने थीं। दायें हाथ की अनामिका में एक बड़ा-सा नीलम जगमगा रहा था। कमरे की खिड़कियाँ बन्द थीं। दरवाज़े पर भारी पर्दा लगा था। अधमरे पक्षी की तरह उनके दोनों पंजे टेबुल पर छटपटा रहे थे। पता नहीं, ठाकुर क्या कहना चाहते हैं।

सम्भव नहीं है—ठाकुर ने अपने मन में सोचा, कहा नहीं!

तुम इन्कार करना चाहते हो, विमल?—सविता के होंठ हिले। वे ज़ोर से साँसें ले रही थीं, और घबड़ायी हुई थीं।

मैं सोनाली को प्यार करता हूँ। उससे शादी करना चाहता हूँ—अपने शरीर को टेबुल के सहारे सम्भालते हुए, ठाकुर ने उत्तर दिया। उत्तर इसलिए दिया, कि सविता को बात आगे बढ़ाने का मौका नहीं मिल सके। विवाह का प्रस्ताव सुनकर, सविता के मुँह से सुनकर ठाकुर को तेज़ धक्का लगा था। इसकी उन्हें आशा नहीं थी। इस वक्त तो किसी तरह भी नहीं। यों उन्हें अपनी पुरानी बातें याद थीं। 'ईस्टमैन' होटल का वादा भी याद था—सविता, अगर जीवन में किसी से विवाह करूँगा, तो तुमसे ही करूँगा। विमल ठाकुर ने पाप किया है, तो वह प्रायश्चित करना भी जानता है।

तुम बहुत अक्लमन्द हो—मिसेज़ रायचौधरी ने कहा, तो घृणा से भरकर मुँह फेर लिया।

तुम नाराज़ क्यों होती हो?

नाराज़ क्यों होऊँ? मैं आश्चर्यचकित हूँ! तुम्हारी उम्र कितनी होगी? और सोनाली की? तुम बहुत चालाक आदमी हो, ठाकुर!

और, इसके बाद मिसेज़ सविता रायचौधरी ने ठाकुर को बताया कि

ईस्टमैन होटल की उस रात के बाद, और फिर कई रातों के बाद से वह सिर्फ एक यही बात सोचती रही हैं कि वे ठाकुर से शादी करें या नहीं करें। नौकरी करती रही हैं, कॉफीहाउसों और बारहाउसों में बैठती रही हैं, बैंक में रुपया जमाती रही हैं, बेबी के स्कूल का खर्च भेजती रही हैं, और सोचती रही हैं। सिर्फ अपने बारे में, और ठाकुर के बारे में सोचती रही हैं। औरत जब अपने प्यार की बात कहती है, तो कितनी नंगी और कितनी मामूली हो जाती है !

लेकिन, इससे क्या होता है ? जब मैंने तुम्हें अपनी पत्नी बनाना चाहा था, तो तुम किनारे हट गई थीं। अब मेरे घर में सोनाली रहती है। वह कम उम्र की है, मैं उसके पिता की उम्र का हूँ, लेकिन, इससे क्या होता है ? मैं उसके बिना खुश नहीं रह सकता ! तुम्हारा तो कुछ नहीं गया। बेबी अच्छे स्कूल में पढ़ रही है। तुम ज़रूरत से ज्यादा रुपये कमाती हो। सोसाइटी में तुम्हारा आदर है। ऊँची सर्किल मैं तुम्हारी पहुँच है। तुम्हें और क्या चाहिए ?—ठाकुर ने ऊबकर और बहुत थककर सवाल किया।

तुम मुझे प्यार नहीं करते हो ?—सविता ने पूछा—या, मैं अब वह सविता नहीं रह गई हूँ ?

तुम वही सविता हो ! मगर, मैं तुम्हें प्यार नहीं करता···आइ डोन्ट लव यू ! हम लोग दोस्त रह सकते हैं, पति-पत्नी नहीं ! तुम अकेली नहीं हो। तुम्हारी बेबी है। हो सकता है, तुम्हारा पति भी वापस लौट आए—ठाकुर ने उत्तर दिया, मगर अनसुनी करती हुई, मिसेज़ रायचौधरी बोलने लगीं —नहीं, ऐसी बात नहीं है ! ऐसी बात होती, तो तुम मुझसे किसी भी दिन नहीं कहते कि तुम मुझे प्यार करते हो और मुझे अपनी जीवन-संगिनी बनाना चाहते हो। मगर, तुमने कहा है। तुमने बार-बार कहा है। काफी-हाउस में और अपने दफ्तर में और मेरे घर के दरवाज़े पर कहा है। तुमने बार-बार रात के एकान्त में मेरे फ्लैट में आना चाहा है, ठाकुर, मैंने ही आने नहीं दिया है ! और, आज जब मैं खुद आई हूँ, तो तुम पीछे हटते हो !

पीछे हटोगे क्यों नहीं, आज तुम्हारे घर में एक मासूम और अनछुई कली जैसी लड़की है। तुम उसे पसन्द करोगे, मुझे नहीं !

विमल ठाकुर ने चाहा कि सविता से रनजीत के बारे में कहें ! मगर, चुप रह गये। यह बात कोई महत्त्व नहीं रखती है कि सविता का रिश्ता रनजीत से भी था, और वह उसके होटल में भी जाती रही थी। रिश्तों का कोई महत्त्व नहीं है। अतीत का कोई महत्त्व नहीं है। महत्त्व सिर्फ इस बात का है कि अभी हम क्या हैं, और क्या करना चाहते हैं।

सविता चाहती है एक घर-परिवार। वह एक नया घर-परिवार चाहती है। मगर, उसे मिल नहीं पाएगा। क्योंकि, वह भिखारिन बनकर माँग रही है। विमल ठाकुर से माँग रही है।

या चिन्तयामि सततं मयि सा विरक्ताः
साप्यन्यमिच्छन्ति जनो सऽ जनोऽनुरक्तः।

ठाकुर की जीभ पर भर्तृहरि के ये शब्द आये, पर वे उच्चारण नहीं कर सके। एक दिन यही सविता थी, जिसके लिए वे पागल थे, अन्धे थे, क्या नहीं थे। और आज यही सविता है। आज सविता कोई नहीं है। सविता को ठाकुर ने शराब की बोतल की तरह नशे के लिए, ग़लत खुशी के लिए व्यवहार किया था। वे थके हुए थे और अकेले थे, और तब सविता आई थी, और उन्होंने उसे शराब की तरह व्यवहार किया था। सविता अब नहीं है !

मैं पहले रनजीत के यहाँ गई थी। वहाँ उसकी बीवी और बेटी आ गई हैं। वह मुझे स्वीकार नहीं कर सकता है। मैं तुम्हारे यहाँ आई हूँ। और तुम भी मुझे स्वीकार नहीं करना चाहते। तुम बड़े अच्छे आदमी हो, विमल ठाकुर !—मिसेज़ सविता रायचौधरी की आवाज़ में जैसे रेगिस्तानों की सारी गर्म हवाएँ और आँधियाँ भरी थीं। उनकी आँखों में था रात का

भयावह सन्नाटा ! जंगल का सन्नाटा ! वे टेबुल पर बाँहें बिछाकर सिर टेककर झुक गईं । पंखे की हवा में रेशम के लच्छों जैसे केश तैरने लगे ।

हो सकता है, मैं बहुत बुरा आदमी हूँ, मगर, तुम बार-बार अपना अपमान क्यों कर रही हो ? क्यों चाहती हो कि मैं या रनजीत, कोई तुम्हारी इच्छाओं पर शहीद हो ही जाए ?—ठाकुर ने सिगार जलाया, और टेबुल पर बिखरी चीज़ें सम्भालने लगे । उनकी इच्छा हुई कि सविता को कमरे में छोड़कर वे बाहर सड़क पर चले जाएँ, टैक्सी में बैठकर देर तक दोपहर की लू और गर्म हवा से भरे रास्तों पर चक्कर मारते रहें ।

सविता मुस्कुरायीं । सविता ने बाँहों से ऊपर सिर उठाया, और कहा—मैं गर्भवती हूँ, और मुझे अपने गर्भ के बच्चे के लिए एक पिता चाहिए !

ठाकुर आतंकित होकर खड़े हो गए । फिर, खिड़की से बाहर देखने लगे । फिर, बैठ गए । अपने चौड़े पंजों में अपना सिर दबाकर बैठ गये । मिसेज़ रायचौधरी की आवाज़ में थरथराहट नहीं थी, शान्ति थी, सरलता थी—मैं नहीं जानती, कि इधर तुम मेरे पास आये हो या नहीं । रनजीत के बारे में भी याद नहीं है । इसीलिए, नहीं कहूँगी कि यह गर्भ तुम्हारा है या उसका है···

अगर, सविता यह कहतीं कि उनके गर्भ की संतान का पिता विमल ठाकुर हैं, तो ठाकुर को गुस्सा आ जाता । गुस्से में आकर वे सविता का गला घोंट देते । गुस्से में आकर वे पागल हो जाते, जानवर हो जाते । मगर, सविता ने ऐसा नहीं कहा । सविता ने कहा—पिछले चार-पाँच महीने से मैं बहुत ज्यादा पीने लगी हूँ । क्लबों और बारहाउसों में बैठकर पीने लगी हूँ । और, ज्यादा पी लेने के बाद किसे पता रहता है कि वह किसकी कार में बैठकर घर आती है, या किसके साथ किस होटल के कमरे में सो रहती है । मुझे पता नहीं···मगर, मैं अपने बच्चे के लिए एक पिता चाहती हूँ ।

'स्टाइल' के दफ्तर में खामोशी फैल गई। सविता बैग से सिगरेट निकालकर पीती रही। ठाकुर फाइलों के पन्ने पलटत रहे। सविता अब और कुछ कहना नहीं चाहती थीं। ठाकुर अब और कोई उत्तर देना नहीं चाहते थे।

मिसेज़ रायचौधरी उठकर खिड़की के पास चली गईं। लगभग आधे घंटे बाद ठाकुर ने कहा—मैं मजबूर हूँ, सविता रानी !

सविता रानी मुस्कुरायीं। कुछ बोलीं नहीं, अपना बैग सँभालकर तेज़ी से कमरे से बाहर निकल गईं।

•
•
•

मुर्दा शहर। आँखें बहुत ठहरी हुईं बेबस, बहुत चुपचाप
क्या बुरा हो, नींद बनकर छलक आएँ आप
अर्थ डूबे। शब्द तक उगते न दिखते कोहरे में···
सिर्फ़ जंगल में अँधेरा। मौत। केवल, बेरहम आलाप।

आदमी साथ चाहता है। आदमी साथ छोड़ना भी चाहता है। यह भी चाहता है कि वह ऐसी भीड़ में खो जाए कि कोई उसे पहचाने नहीं, उससे उसका नाम नहीं पूछे, उसकी तरफ़ देखे तक नहीं। यह भी चाहता है कि उसके इर्द-गिर्द शोरोगुल हो, ठहाके हों, चीख-पुकार हो, मगर उसके लिए नहीं। वह शोर में शामिल नहीं रहे, ठहाके उसके कण्ठ से नहीं निकलें, चीख उसके कानों के पर्दों से टकराये, मगर उसके दिल से नहीं, उसके जज़बात

से नहीं। केवल ध्वनियाँ हों, और वह ध्वनियों की अर्थहीन तरल लय-धारा पर बहता चला जाए। केवल सड़कें हों, और मकान हों, और लोग हों, और घटनाएँ हों···और यह सब जैसे तस्वीर में हो—और, वह तस्वीर के शीशे पर या फ्रेम पर किसी नन्हे-से कीड़े की तरह चिपका रहे, या रेंगता रहे।

आदमी साथ चाहता है, और साथ के बाद अकेलापन चाहता है। अपने चतुर्दिक की वस्तुओं और स्थितियों में स्वयं रहता हुआ भी, वह उनसे और स्वयं अपने-आप से, अपने विचारों और अपनी चिन्ताओं से अलग हो जाना चाहता है। मान लिया, आदमी 'आउट-साइडर' नहीं है, नहीं रहना चाहता है—मगर, वह एकदम मशीन का पुर्जा भी नहीं है। वह अपने सम्पूर्ण अस्तित्व और अस्तित्व की अभिव्यक्तियों को समाज की मशीन में समाहित नहीं कर देना चाहता है।

वह मशीन से अलग भी होना चाहता है। क्योंकि, उसका अपना स्वाधीन व्यक्तित्व भी है, उसकी बुद्धि के कारण, उसकी स्वतन्त्र चेतना के कारण, उसकी अपनी क्षमताओं के कारण। और, उसकी क्षमताएँ उसे अपने स्वार्थों और अपनी सुख-सुविधाओं की तरफ़ खींच ले जाना चाहती हैं। वह ऐसा कोई भी कार्य नहीं करना चाहता है (अगर वह मूर्ख या पागल नहीं है) जिसके पीछे उसका कोई-न-कोई स्वार्थ या सुख की इच्छा नहीं हो। प्रत्येक कार्य का कारण सुख की आशा है।

हम सभी स्वार्थी हैं। हम सभी अपने सुख के लिए ही जीते हैं, तरह-तरह के रूप धारण करते हैं,···

जैसे रनजीत ने कितने ही रूप धारण किये, और अन्त में फिर वहीं लौट आया, जहाँ आदमी तब लौटता है जब कहीं और टिके रहने की स्थिति या शक्ति उसके पास नहीं रह जाती है। वह पूरबी और सीता के पास लौट आया। इतने वर्षों तक जीवन की निरीह वास्तविकताओं में गुज़रते रहने के बाद, वह फिर अपनी कल्पना की सृष्टि करना चाहता है। एक छोटा-सा

घर, छोटा-सा परिवार, और बहुत मामूली-मामूली-सी आवश्यकताएँ ! वे तीनों शाम को न्यू मार्केट घूमने जाएँगे, और साग-सब्जियाँ और सस्ते फूल ख़रीदकर वापस आ जाएँगे। पूरबी की आँखों में मुस्कुराहटें जमने लगेंगी। सीता समझने लगेगी कि आदमी को हर चीज़ ख़रीदने-बेचने का अधिकार है, मगर आत्म-प्रतिष्ठा नहीं, आत्म-पीड़ा नहीं। रास्ते पर चलते हुए लोग उसके सीने में अपनी आँखें और बाँह घुसेड़ना चाहेंगे, तो वह विश्वासपूर्वक एतराज़ कर सकेगी। वह किसी की बेटी है, वह किसी की बहन है, वह सीता है, सावित्री है, दमयन्ती है, वह बेहोश बाँहों का निर्जीव आलिंगन नहीं है, वह थकी हुई पिंडलियों की मुर्दा सिकुड़न नहीं है।

···मगर, आदमी अपने स्वार्थ के लिए तरह-तरह के रूप धारण करता है, अनगिनत नक़ाब पहनता है अपने को छिपाने के लिए, अपने को कानूनों और मज़हबी किताबों और पड़ोसियों से बचाने के लिए।

विमल ठाकुर सोचते हैं, और सोचते रहते हैं। बुद्धिजीवी होने का यह एक तात्कालिक लाभ होता है। सोचते रहने का अभ्यास ! किया वही जाता है, जो इम्पल्स कहता है, इन्द्रियाँ कहती हैं, इच्छाएँ कहती हैं। मगर, सोचा जाता है कि यह स्वार्थ है, और यह यथार्थ है, और यह उचित है।

विमल ठाकुर सोचते हैं मिसेज़ रायचौधरी के बारे में, और सोचते हैं सोनाली के बारे में !

बाहर बैठकखाने में रेडियो की एक दूकान का एजेन्ट बैठा हुआ है, जिसके द्वारा ठाकुर ने इन्सटालमेन्ट पर एक बहुत ही खूबसूरत रेडियोग्राम ख़रीदा है। दो महीने से किस्त नहीं दी गई है। एजेन्ट बाहर बैठा इन्तज़ार कर रहा है। ठाकुर कमरे में टहल रहे हैं, और बाथरूम में नहाती हुई सोनाली के बारे में चिन्तित हैं।

स्वार्थी होना ही चाहिए। अपना स्वार्थ नहीं देखेंगे तो किसका स्वार्थ देखेंगे ?

रात के अँधेरे में छिपकर हमारे बगान के पौधे चुरा लेते हैं ! (पता नहीं क्यों, ठाकुर को हरदम सोमेश गांगुली की याद आ जाती है !) उन पड़ोसियों का स्वार्थ देखेंगे ? लम्बे-लम्बे जुलूस निकालकर ट्रैफिक रोक देते हैं, उन नगरवासियों का स्वार्थ देखेंगे ? तरह-तरह के टैक्स बाँधते हैं, नये-नये कानून बाँटते हैं, उन सरकारी अधिकारियों का स्वार्थ देखेंगे ? समाज का, जनता का, देश का, जुलूस का, भीड़ का स्वार्थ देखेंगे ? क्यों ?

अपने स्वार्थ से अधिक श्रेयस्कर और मोहक और किसी का स्वार्थ नहीं हो सकता। कभी नहीं हो सकता है।

सोनाली भीगे हुए कपड़े पहने ही कमरे में चली आई—बाबा, तुम बाहर जाकर रेडियो वाले से बातें करो। मैं कपड़े बदलकर तैयार होती हूँ। शहर में मुझे मकान चाहिए ही। यहाँ नहीं रहूँगी। किसी तरह नहीं रहूँगी। आज ही एडवान्स देकर पार्क-सर्कस वाला वह फ्लैट लेना होगा। यहाँ रहूँगी, तो लोग क्या कहेंगे। सुबह-सुबह तरू की भाभी कह रही थीं···

ठाकुर शर्मिन्दा हो गए। यह लड़की दुखी क्यों नहीं है ? पागल क्यों नहीं हो गई है ?

बरामदे में बाथ-टब के पास खड़ी होकर सोनाली भीगे हुए केश से पानी निचोड़ने लगी। अचानक ही सोनाली एक डरी हुई, बेसहारा लड़की नहीं रह गई है, आश्वस्त और तृप्त और संतुष्ट औरत बन गई है—भरी-पूरी औरत !

ठाकुर और एजेन्ट में बातें बढ़ने लगीं, तो सोनाली बीच के दरवाज़े पर खड़ी हो गई और बहुत सीधे-सादे लहजे में बोली—आज जाओ। बैंक से रुपया निकालकर कल दूकान पर भिजवा देंगे। बहस मत करो। तुम जल्दी स्नान कर लो, बाबा मुझे देर हो रही है। उफ़ कितना काम करना है। आज एक बार कालीघाट भी जाना होगा···

•
•
•

सोमेश ने पर्दा सरकाया, और ड्राइंगरूम के अन्दर चला गया। रेडियो के पास मिसेज़ रायचौधरी की कन्या, मित्रा रायचौधरी बैठी थी, और रेडियो सिलोन से प्रसारित फिल्मी गाने सुन रही थी। गांगुली सोफे पर बैठ भी गया, मगर मित्रा ने उससे कुछ पूछा नहीं। गीत सुनती रही। उसने सिगरेट जलाया। वह गीत सुनती रही। उसने रेडियो पर रक्खा एश-ट्रे उठाकर टेबुल पर रख लिया। वह गीत सुनती रही।

उसने पूछा—मिसेज़ रायचौधरी हैं या बाहर गई हैं ?

अगर ममी ने आपको बुलाया है, तो वे अभी तक सो रही हैं, और मैं उनको जगाऊँगी नहीं। और, अगर आप बिना बुलाये आये हैं तो ममी घर में नहीं हैं, चीफ़ मिनिस्टर के यहाँ पार्टी में गई हैं, कब आएँगी, मुझे कुछ पता नहीं —मित्रा ने स्पष्ट स्वर में कहा, और तुरत रेडियो के गीतों में खो गई।

अजीब लड़की है—सोमेश ने सोचा। फिर, सिगरेट की राख झाड़कर बोला—आप कहाँ पढ़ती हैं ?

कलकत्ते में नहीं पढ़ती हूँ। तीन-चार दिन बाद चली जाऊँगी। मेरा नाम या मेरे कालेज का पता पूछने से आपको कोई फ़ायदा नहीं होगा। मैं पत्र लिखने में विश्वास नहीं रखती हूँ, और आप वहाँ मुझसे मिलने नहीं आएँगे

—मित्रा इस बार मुस्कुराई, और सोमेश के कपड़े देखने लगी। सोमेश ने बड़े क़ीमती और बहुत अच्छे सिले हुए कपड़े पहन रक्खे हैं। नथमल कल्याणमल इन्डस्ट्रीज़ के मैनेजिंग डायरेक्टर की पत्नी सोमेश को अपनी गाड़ी में बैठाकर लिन्सडे स्ट्रीट ले गई थीं। कपड़े ख़रीदे गये थे, और गुलाम मुहम्मद के यहाँ सिलने दिये थे।

स्लीपिंग-गाउन में जापानी गुड़िये की तरह दीखती हुई, मिसेज़ रायचौधरी ड्राइंगरूम में आयीं। बोलीं—तो तुम्हीं हो सोमेश गांगुली! स्टेट्समैन के स्पोर्ट्स-कालम में तुम्हारा नाम पढ़ा था। तुम इतना अच्छा टेबुल-टेनिस खेलते हो ··

आपको मालूम है, विमल ठाकुर ने सोनाली से शादी कर ली है—सोमेश ने सीधा सवाल किया। वह हतप्रभ हो गयीं। एक कुर्सी खींचकर बैठ गयीं—मालूम है! रजिस्ट्रार के यहाँ रनजीत भी गया था! बुरा क्या है, ठीक ही तो हुआ।

आप कहती हैं, तो ठीक ही हुआ है। मगर, मैं ऐसा नहीं सोचता हूँ। मैं क्या सोचता हूँ, वह आपको बताने भी नहीं आया हूँ। कोई लाभ नहीं है। मैं आपकी बात पूछने आया हूँ। मुझे पता लगा है कि सोनाली आपके हसबेंड के अपने छोटे भाई की लड़की है। मुझे आपके हसबेंड से ही पता लगा है। मैं अलीपुर सेंट्रल जेल में था। आपके हसबेंड भी वहीं हैं। आपके बारे में पूछ रहे थे। उन्होंने तीन हजार रुपये का जाली चेक भुना लिया था। और, भी कई जुर्म उन्होंने किये थे। मगर, रायचौधरी साहब बड़े अच्छे आदमी हैं। वेरी इन्टरेस्टिंग। मुझसे बता रहे थे। सारी बातें बता रहे थे। कैसे आपको रिफ्यूजी कालोनी में छोड़कर भाग खड़े हुए। कैसे-कैसे क्या किया, कहाँ-कहाँ रहे, कब-कब जेल गये!—सोमेश सिगरेट का धुआँ और जहर और आग उगलता जा रहा था। प्रतिहिंसक दृष्टियों से मिसेज रायचौधरी की लड़की मित्रा की तरफ़ देखता जा रहा था, और आग उगलता जा रहा था।

मित्रा रेडियो के गाने सुन रही थी, और गांगुली की जहरीली बातें सुन रही थी। रेडियो का वाल्यूम उसने कम कर दिया था, और ऐसी अजनबी बातें सुन रही थी, जिसका ज़रा भी पता या अन्दाज़ उसे नहीं था। वह रूआँसी हो गई। हिचकने लगी। ड्राइंगरूम में जैसे धुआँ ही धुआँ भर गया था। तब वह उठकर खड़ी हो गई। चार क़दम चलकर सोमेश के क़रीब पहुँच गई, और चीख उठी—मैं नहीं जानती, तुम कौन हो! मगर, मेरे पिताजी के बारे में झूठी बातें कहने का तुम्हें कोई अधिकार नहीं है। यू गेट आउट फ्राम हियर···

सोमेश ने मित्रा की बातें सुनीं नहीं। मिसेज़ रायचौधरी से बोला—आप चाहतीं तो सोनाली को अपने घर ला सकती थीं, उस बूढ़े शैतान के चंगुल से बचा सकती थीं। आपने ऐसा क्यों नहीं किया?

करना चाहती थी। कोशिश भी की। और कोई उपाय नहीं था, इसलिए खुद ठाकुर के पास गई। उससे बोली कि वह मुझसे शादी कर ले, और सोनाली की जान छोड़ दे। मगर, नहीं हुआ। किसी तरह भी नहीं हुआ। मैं भी गई। सोनाली भी गई। यह मेरी मित्रा भी इसी तरह किसी दिन किसी राक्षस के पेट में चली जाएगी—मिसेज़ सविता रायचौधरी ने कहा, और उनकी आँखों में आँसू आ गये।

सोमेश गांगुली के पास अब कुछ कहने को नहीं था। कोई उपाय नहीं था। सोनाली ने बाक़ायदा विवाह कर लिया था। अपनी इच्छा से, प्रसन्नता से स्वीकृति दी थी।

कमरे के बीच में एक गोल टेबुल था। टेबुल पर चाँदी के एक पुराने गुलदस्ते में चाँदी की एक लड़की खड़ी थी। उसका एक हाथ जाँघों की रक्षा कर रहा था, ऊपर उठे हुए दूसरे हाथ में गुलाब के चन्द ताज़ा फूल थे।

सोमेश ने एक फूल खींच लिया, और बड़ी कोमलता से उसकी पंखड़ियाँ

बिखेरने लगा। फिर, उठ खड़ा हुआ। फिर, मित्रा से बोला—मिस रायचौधरी, अभी जाता हूँ। बाद में आऊँगा। मेरी बातों का बुरा मत मानिएगा। मैं आपकी माँ की और आपकी श्रद्धा करता हूँ, आदर करता हूँ…

पर्दा हटाकर सोमेश बाहर सड़क पर चला आया। फिर सड़क पार चला आया ! मगर, मित्रा बड़ी प्यारी लड़की है। बहुत एरिस्टोक्रेट है। एरिस्टोक्रेसी के प्रति सोमेश बहुत जल्दी आकर्षित होता है। सोमेश कल फिर यहाँ आएगा। कल के बाद भी आएगा ! मिसेज़ रायचौधरी के पास पैसे नहीं हैं कि वह अगले टर्म पढ़ने के लिए मित्रा को बाहर भेज सकें। मित्रा यहीं रहेगी। सोमेश यहीं रहेगा। नदी बहती रहेगी। नदी बहती रहती है। एक नदी बहती थी। दूसरी नदी बहने लगेगी।

किसी भी क्रम का अन्त क्यों हो ?

•
•
•

हर आदमी अपने जीवन का एक दर्शन बनाता है। हर आदमी अपनी ज़िन्दगी जीने का एक तरीक़ा अपनाता है। क्योंकि, आदमी का पेशा और आदमी के सोने का बिस्तरा ही उसके लिए काफ़ी नहीं होता है। इतने के लिए भी बहुत सारी और बातें करनी पड़ती हैं।

कहीं नौकरी कर ली, और कोई धन्धा बिठा लिया, और कहीं रहने लगे,

और कहीं खाने-पीने और सोने लगे—इतने से ही काम नहीं चलता है। और यह सब भी चलता है अपने तरीकों के कारण, अपने इर्द-गिर्द के लोगों और स्थितियों के कारण। आदमी अपने-आप में एक समूची ताक़त नहीं है। उसे सहारा लेना ही होता है। आदमी लेना नहीं चाहता है, मगर सहाना लेना ही होता है। यह सबसे बड़ी ट्रैजेडी है। मगर, यह सबसे बड़ी सच्चाई है।

इतना बड़ा मछलीबगान, मगर कलकत्ते के बगैर एक पल भी जी नहीं सकता है। इतना बड़ा कलकत्ता है, मगर दिल्ली और न्यूयार्क और लन्दन और मास्को के बिना इसका दम घुट जाएगा। सहारे के बिना शहर नहीं टिकते हैं, देश नहीं टिकते हैं, यह पूरी दुनिया ही परायी ताक़तों के सहारों पर टिकी हुई है।

यों, आदमी स्वाधीनता और व्यक्तिगत स्वाधीनता की बातें करता है, और खुश होता है। मगर, क्या स्वाधीनता ही मनुष्य की भाषा का सबसे अधिक भ्रामक शब्द नहीं है? क्या हम अपना स्वतन्त्र अस्तित्व; सम्पर्क-विहीन, आश्रय-विहीन, परावलम्बन-विहीन अस्तित्व कायम रख सकते हैं? क्या प्रकृति ने, और हमारे द्वारा ही निर्मित समाज ने हमें इतना शक्तिवान रहने दिया है?

हम सभी गुलाम हैं। अपनी आदतों; और अपनी जरूरतों, और अपनी मजबूरियों के कारण दूसरों के गुलाम, दूसरी ताक़तों के गुलाम हैं। हमारी ज़िन्दगी ख़रीदने और बेचने के धन्धे पर टिकी हुई है। हम कुछ चीज़ें बेचते हैं। चाहे वह हमारा दिमाग़, और हमारा ईमान ही क्यों न हो। और इसके बदले हम कुछ चीज़ें ख़रीदते हैं। चाहे वह किसी सस्ते होटल का सड़ा हुआ खाना, और बस-स्टाप पर किसी का भी इन्तजार करती हुई बेउम्र औरत ही क्यों न हो!

और इस ख़रीद-बिक्री के बाज़ार में रहकर हम कहते हैं कि हम स्वाधीन हैं, हमारी भी एक चेतना है, हमारे भी अपने विश्वास हैं, हमारी भी व्यक्तिगत सत्ता है। हम कहते हैं कि हम प्रकृति पर, और ईश्वर पर, और लौकिक-

पारलौकिक सारी शक्तियों पर विजय पा चुके हैं। ज्ञान हमारा साधन है। और भौतिक सुख-सुविधा और भौतिक स्वाधीनता हमारा साध्य !

लेकिन, क्या यह मात्र विडम्बना नहीं है ? ज्ञान क्या हमें अज्ञान की ही ओर वापस नहीं ले जाता है ? भौतिक सुविधाएँ क्या हमें सुविधाओं का सेवक नहीं बनाती हैं।

हम गाँव से शहरों की तरफ़, खेतों से मंडियों की तरफ़, कस्बों से फैक्ट्रियों की तरफ़ भागे जा रहे हैं। और, शहर गाँव में घुसता आ रहा है। बड़े-बड़े मशीन घुसते आ रहे हैं। नंगी और मोटी रानों वाली फिल्मी लड़कियों के पोस्टर, और भयानक कण्ठस्वर में गाये गये नंगी-नंगी बातों और घटनाओं के गाने, और सिर्फ पैसे ख़र्च करके पाये जाने वाले ऐश-आराम घुसते आ रहे हैं। और, तब कृष्णा नाम की एक लड़की गले में रस्सी बाँधकर मर जाती है। और, तब सोनाली नाम की एक लड़की अपनी खुशी से पिता की तरह दीखने वाले आदमी से शादी कर लेती है। और, तब मिसेज़ रायचौधरी को अपने गर्भ के शिशु के लिए एक पिता नहीं मिलता है। और, तब रनजीत बाबू की पत्नी पैरेलेसिस का शिकार होकर मौत और ज़िन्दगी के बीच अरसे तक झूलती रहती है।

और, हम स्वाधीन हैं। कर्म करने के लिए और कर्म का फल भोग करने के लिए स्वाधीन हैं।

महर्षि व्यास की गीता भी यही कहती है। और अर्थशास्त्र के आधुनिकतम सिद्धान्त यही कहते हैं।

और, हमें न धर्म स्वाधीन करता है, न अर्थशास्त्र और न राजनीति स्वाधीन करती है। हमारे लिए जीवन भी पराधीनता है, और मृत्यु भी पराधीनता है। और, शीशों का मसीहा कोई नहीं।

•
•
•

दफ्तर का वक्त हो रहा है। बस-डिपो पर लोगों और बसों और रिक्शों की भीड़ बढ़ रही है। डलहौजी और वहाँ के दफ्तरों में काम करने वाले मर्द आते हैं, तेज़ी से चलते हुए आते हैं, पुल पार करके पान की किसी दूकान पर रुकते हैं, सिगरेट या पान ख़रीदकर किसी ख़ाली बस में बैठ जाते हैं, किसी भरी बस का हैंडिल पकड़कर लटक जाते हैं। औरतें हैंडबैग सँभालती हुई, साड़ी का पल्लू सँभालती हुई, भारी शरीर का बैलेंस सँभालती हुई, बस में घुसने की कोशिश करती हैं, या निरीह-सी बाहर खड़ी रह जाती हैं।

ज़िन्दगी कितनी तेज़ चल रही है! हम कितने आगे आ गये हैं। दस-पन्द्रह मिनट बाद मछलीबगान में चन्द बूढ़ी औरतें रह जायेंगी, चन्द बच्चे रह जाएँगे, चन्द बेकार नौजवान रह जाएँगे। बाकी पूरा कस्बा शहर चला जाएगा। फिर, शाम को या रात को थका-थका, हारा हुआ शहर से लौट आएगा।

दफ्तर का वक्त हो रहा है। 'अनन्त केबिन' में चाय के प्यालों के साथ ताश का खेल चल रहा है। सोमेश चाय पी रहा है, और मिहिर को बता रहा है कि जैक बाहर फेंक दे, और नीचे से दहला उठाकर पेयर बना ले।

सामने बस-डिपो के मैदान में टैक्सी रुकती है और रनजीत बाबू उतरते हैं। पूरबी को बाँहों का सहारा देकर सीता उतारती है। ज्यादा सामान नहीं है।

दो होल्डआल हैं, और दो ट्रंक हैं। फर्नीचर एक भी नहीं है।

सोमेश पास जाकर पूछता है—आप ? रनजीत भाई ?

हाँ ? हम लोग ठाकुर के मकान में रहेंगे। ठाकुर ने पार्क सर्कस में फ्लैट ले लिया है। वे आज वहाँ शिफ्ट कर जाएँगे। पूरबी बीमार रहती है, यहाँ उसे शान्ति मिलेगी। किराया भी कम देना पड़ेगा—रनजीत बाबू कितने बदल गए हैं।

आप लोग चलिए। मैं रिक्शे पर सामान लदवाकर ले आता हूँ !—सोमेश रिक्शा बुलाने चला जाता है। वह खुश है। सोनाली जा रही है। सोमेश बहुत खुश है। क्यों हरदम आँखों में टूटे हुए शीशे का टुकड़ा चुभता रहे ?

आदमी आदमी है। अपनी मजबूरियों को भी अपनी खुशी का सहारा बना लेता है।

सोनाली और विमल ठाकुर प्रतीक्षा कर रहे थे। रनजीत और उनका परिवार आ जाए, तो शाम को वे दोनों पार्क सर्कस चले जाएँगे। यहाँ के सारे फर्नीचर, और दीवारों पर टँगी तस्वीरें, और दरवाज़ों पर लगे पर्दे रनजीत के लिए छोड़ दे रहे हैं। पार्क सर्कस वाले फ्लैट को नये ढंग से सजा लिया गया है। ज़िन्दगी नये ढंग से शुरू होगी।

विमल ठाकुर रनजीत को सहायक सम्पादक रख लेंगे, और सामयिक राजनीति पर किताबें लिखेंगे। सोनाली ब्रजभूषण महाराज से कत्थक सीखेगी, संगीत कलाकेन्द्र में शास्त्रीय संगीत का अभ्यास करेगी और बोलने-चालने लायक अंग्रेजी-हिन्दी की तैयारी में व्यस्त रहेगी।

आदमी सपने बनाता है, और सपने तोड़ता है। आदमी फिर सपने बनाता है, और फिर सपने तोड़ता है। और, फिर सपने बनाता है।

मछलीबगान का पुल पार करते ही रनजीत की आँखों में नये सपनों के जाल बुने जाने लगे। सुख-शान्ति के मामूली सपने ! जिन सपनों के साथ ही उसने अपना जीवन शुरू किया था। अपनी नादान बेटी की बाँहों के सहारे चलती हुई पूरबी के साथ किया था। बीच के सारे दिन और बीच की सारी रातें रनजीत भूल गया है। सामने मछलीबगान का पुल है, पुल के पार 'अनन्त केबिन', फिर कतारों में दस-बीस दूकानें, दो-एक दवाखाने, छोटा-सा सैलून लाउन्ड्री, फिर एक हाईस्कूल। फिर, रेजिडेंशियल मकानों की कतारें शुरू हो जाती हैं। आदि गंगा के किनारे पर ही विमल ठाकुर का मकान है।

सोनाली उठती है, और पूरबी और सीता को अन्दर के कमरे दिखाने ले जाती है।

रनजीत कुर्सी में धँसकर कहते हैं—एट लास्ट ! आखिर होटल की ज़िन्दगी से अलग हो ही गये।

आज न कल, होना ही था—ठाकुर मुस्कुराते हुए उत्तर देते हैं। ठाकुर की उम्र कितनी कम लग रही है ! बातों में कितना उत्साह है !

रिक्शे पर सामान लादे हुए, सोमेश आता है और एक-एक कर बिस्तरे और ट्रंक अन्दर रखता है। ठाकुर के पास बैठ जाता है। बातें सुनता रहता है। चुप रहता है।

बरसात के आसार नजर आ रहे हैं। धूप मिट गई है, धीरे-धीरे बादल अधिक घने और अधिक स्याह होते जा रहे हैं। हवा में नमी फैल गई है। बरसात होगी। बरसात क्या होगी ? अभी तो मौसम नहीं आया है। अभी तो मौसम नहीं आया है ! अभी तो गर्मी और उमस से दिमाग़ और कलेजा जलने लगा है !

सोनाली चाय का ट्रे लेकर आई। सोमेश को देखकर हाथ से ट्रे नहीं छूटा,

ज़मीन पर चाय के भरे हुए प्याले बिखर नहीं गये।

बोली—सोमेश भाई, तुम तो चाय में बहुत कम चीनी लेते हो! तुम्हारे लिए अलग बनाकर लाती हूँ।

सोनाली चली गई। चाय पीकर और उदास होकर और बहुत कुछ खोकर, और हारकर सोमेश भी चला गया।

ठाकुर और रनजीत अपने मासिक पत्र के बारे में बातचीत करने लगे। स्टाफ़ बढ़ाया जाए। अपना प्रेस किया जाए। साथ में एक साप्ताहिक निकाला जाए। पालिटिक्स! फिल्म! आर्ट! पत्रकारिता! मध्यवर्गीय ज़िन्दगी···

दिन के लगभग दो बज गये थे, और ज़ोरों से पानी बरसने लगा था।

पाजामा और शर्ट पहने हुए, एक लड़का दरवाज़े के पास आकर रुक गया। रुका रहा। बहुत देर के बाद ठाकुर का ध्यान उसकी ओर गया। पूछा—क्या चाहिए? पानी में क्यों भीग रहे हो?

लड़का चुप रहा। ठाकुर और रनजीत बातें करते रहे। फिर, रनजीत ने पूछा—नौकरी करना चाहते हो?

नहीं! मैं सुभाष हूँ। सोनाली को लेने आया हूँ। शेफाली दीदी बहुत बीमार है। थोड़ी देर में मर जाएगी। जयन्त बाबू उसको छोड़कर भाग गये हैं। मैं सुभाष हूँ। सोनाली को दीदी बुलाती है!—सुभाष चुप हो गया, और पानी में भीगता खड़ा रहा। पानी जैसे रुकेगा ही नहीं!

सुभाष की आवाज़ सुनते ही, सोनाली दौड़ी हुई आयी। सुभाष को अन्दर खींचकर बोली—बाहर क्यों खड़ा है? यह घर क्या तुम्हारा नहीं है? तू क्या अछूत है, जो भीतर नहीं आएगा? बोल, कहाँ था इतने दिन? कभी इधर आया क्यों नहीं? दीदी कैसी है? जयन्त दो?

सुभाष ने अपनी बात दुहरायी। सोनाली ने सुना, और पत्थर बन गई। शेफाली दीदी बीमार है, मर रही है, कोई देखने वाला नहीं है। कोई नहीं है। कहीं कोई नहीं है।

सोनाली पागल हो गई।

सुभाष का हाथ पकड़कर खींचती हुई कमरे से बाहर आ गई, और चीखी, —जल्दी चल, सुभाष! ऐसा न हो, मेरे पहुँचने से पहले दीदी नहीं रहे।

चलो···

ठाकुर चीखे—ऐसे भागी क्यों जा रही हो? ज़रा रुको। कपड़े बदल लो। मैं टैक्सी बुलवा लेता हूँ।

सोनाली रुकी नहीं। सुभाष को खींचती हुई, भीगती हुई, बसस्टैंड की तरफ़ दौड़ती चली गई। पीछे मुड़कर उसने एक बार देखा तक नहीं।

•
•
•

सोनाली और सुभाष के पहुँचने के पहले ही शेफाली चली जा चुकी थी। मिसेज़ रायचौधरी बिस्तरे के पास खड़ी डाक्टर से डेड-सर्टिफिकेट लिखवा रही थीं, और उनकी बेटी, मित्रा कोने में रक्खे काठ के बक्स पर सिर झुकाये बैठी थी।

सोनाली चीखी—दीदी ! शेफाली दी !

मिसेज़ रायचौधरी ने कहा—सोनाली, अब पुकारने से क्या होगा ? नदी सूख गई है !

० ० ०